Franz Hermann Meissner

Tiepolo

Franz Hermann Meissner

Tiepolo

ISBN/EAN: 9783743307230

Hergestellt in Europa, USA, Kanada, Australien, Japan

Cover: Foto ©Raphael Reischuk / pixelio.de

Manufactured and distributed by brebook publishing software (www.brebook.com)

Franz Hermann Meissner

Tiepolo

Künstler-Monographien

In Verbindung mit Andern herausgegeben

von

H. Knackfuß

XXII

Tiepolo

Bielefeld und Leipzig
Verlag von Velhagen & Klasing
1897

Tiepolo

Von

Franz Hermann Meißner

Mit 74 Abbildungen nach Gemälden und Radierungen

Bielefeld und Leipzig
Verlag von Velhagen & Klasing
1897

Von diesem Werke ist für Liebhaber und Freunde besonders luxuriös ausgestatteter Bücher außer der vorliegenden Ausgabe

eine numerierte Ausgabe

veranstaltet, von der nur 50 Exemplare auf Extra-Kunstdruckpapier hergestellt sind. Jedes Exemplar ist in der Presse sorgfältig numeriert (von 1—50) und in einen reichen Ganzlederband gebunden. Der Preis eines solchen Exemplars beträgt 20 M. Ein Nachdruck dieser Ausgabe, auf welche jede Buchhandlung Bestellungen annimmt, wird nicht veranstaltet.

Die Verlagshandlung.

Druck von Fischer & Wittig in Leipzig.

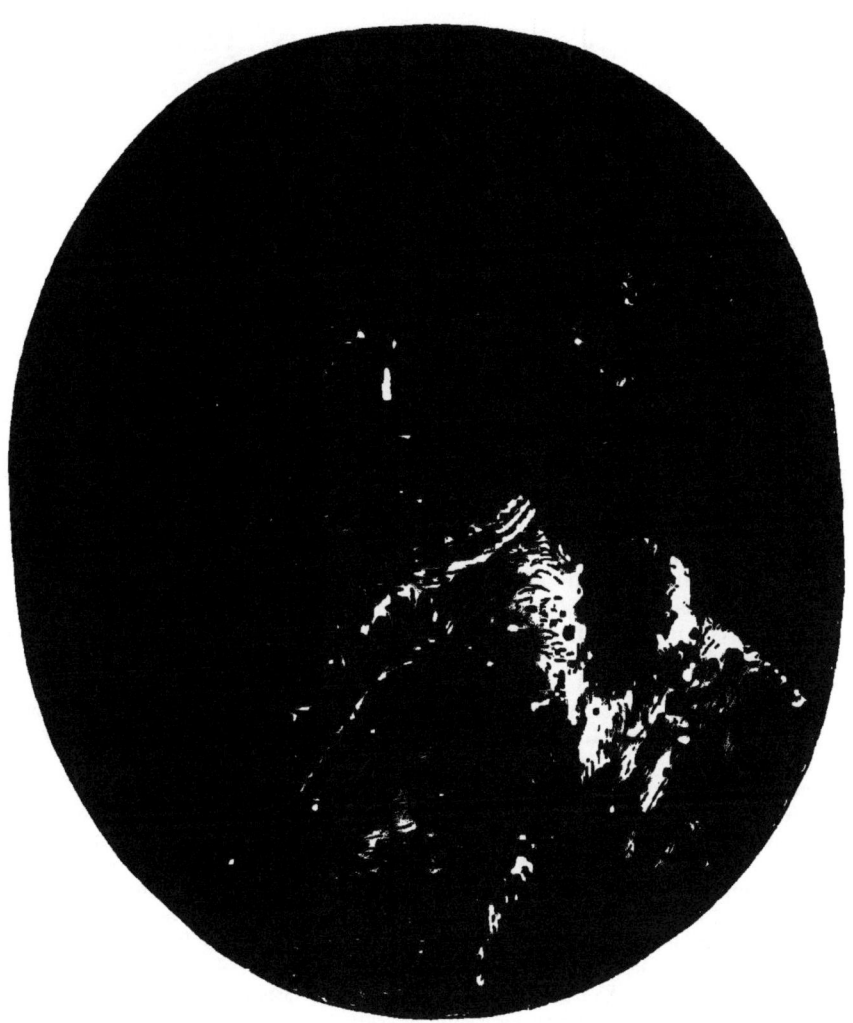

Abb. 1. Bildnis Giovanni Battista Tiepolos, Stich nach seinem Gemälde von Alexander Longhi.

Giovanni Battista Tiepolo.

Tiepolo! … es gibt Namen, welche mit einem Schlage das erschöpfende Programm eines ganzen Zeitalters vor Augen zu stellen vermögen. Man sage „Dante" oder „Giotto" mit verständnisvollem Tonfall, und die herbe Großartigkeit des Trecento scheint sich in ein nach allen Seiten fest umrissenes Bild gewandelt zu haben, — man murmele mit einer von Grauen nicht ganz freien Andacht den Namen: „Michelagniolo", und das kühne Übermenschentum der Hochrenaissance steigt mit adlerstarker Willenskraft vor unserem inneren Gesicht in dieser grandiosen Erscheinung zur Sonne empor und späht aus, neue ethische Werte zu finden und die wilde Formenschönheit seiner ästhetischen Welt damit zu erfüllen. So enthält „Dürer" die Reformation, — und wenn man von „Tizian" spricht, so klingt es im Ohr mit fernen Jugendstimmen von einer versunkenen Märchenherrlichkeit und von kosender Lust der Sinne. Tiepolo ist nicht halb so groß als einer dieser genannten Kunstheroen; legt man an ihn statt des geschichtlichen Maßstabes der Renaissance, deren letzter Meilenstein er ist, irgend einen der Ästhetik im absoluten Sinne, sei es nach der Seite der Idee, der Form, des bloßen Naturverhältnisses, — dann schrumpft er sogar noch mehr zusammen, und man versteht, warum nahezu keines der allgemeinen kunstgeschichtlichen Werke bis zu Tiepolo, dem Zeitgenossen des großen Friedrich, Ludwigs XV, Voltaires und Rousseans, reicht; — denn Tiepolo ist in Hinsicht auf die ins Vertikale gerichtete menschliche Arbeitskraft der Jahrtausende kein Zielpunkt und kein mustergültiger Wert. — Unter dieser Feststellung und Voraussetzung indessen dürfen wir uns an ihm als an einer üppigen Wunderblume, die einen berauschenden Duft aus ihrer farbenprächtigen Blüte sendet, vorwurfslos erfreuen; denn er ist nicht bloß ein virtuoser Tausendkünstler, sondern auch ein herzumschmeichelnder Farbenbarde; er ist auch nicht bloß eine durch das Geschick ihrer Hände. imponierende Gestalt innerhalb einer gewissen interessanten Zeit, — er ist vielmehr im Programm des mächtigsten Kunststils sowie zugleich der mehr als 1000 Jahre umfassenden Kulturentwickelung von Venedig die letzte rauschende Symphonie, — denn nur zwei Jahrzehnte nach seinem Tod bricht die Republik Venedig endgültig in sich zusammen. Er ist ein fesselndes Zeitphänomen als „der letzte große Venezianer" und als der letzte bedeutende Renaissancemensch. — Wuchtvoll hat er noch einmal die ungeheure Schaffenskraft der Vorangegangenen jenseits der Alpen entfaltet, — er hat in seinem Werk noch einmal an einer Stelle vereinigt, was die Schönheit und die Bedeutung des Quattrocento und des Cinquecento ausgemacht, und es schwächt diesen Eindruck davon nur wenig ab, daß seine schwungvollen und reichbewegten Schilderungen weniger der natürlichen Leidenschaft als dem heißen Fieber einer Zeit entstammen, die bereits den hippokratischen Zug im Gesicht hat. Was sein Mangel als schöpferischer Künstler ist: die fehlende elementare Natur, — das ersetzt er bis zu einem gewissen Grade durch seine kulturhistorische Bedeutung innerhalb seiner Zeit, deren feinste Züge er mit den geschärften äußeren Sinnen des Verfallmenschen belauscht und sichtbar in seinem Werk verarbeitet hat. — Er ist nämlich nicht nur ein Nachempfinder Veroneses in den künstlerischen Mitteln und Wirkungen, sondern vielmehr eine Parallelerscheinung zu jenem. Hat jener uns die edlen und entzückenden Gestalten des venezianischen Cinquecento und die märchenhafte Pracht, in der sie sich bewegten, in der graziösesten Kunst seiner Epoche gezeichnet und gemalt, so hinterließ uns Tiepolo zweihundert Jahre später in fast analoger Bedeutung ein berauschendes Karnevalsbild von jenem Verfallvenedig im XVIII. Jahrhundert, das singend, tanzend, kokettierend, in lechzenden Zügen den letzten Lustbecher schlürfend, mit blinden Augen den nahen Abgrund nicht sah; die leidenschaftlichen Bewegungen des feurigen Monserrinareigens und der wirbelnde Rhythmus des zur Verfallzeit nicht minder beliebten Furlanatanzes stehen mit der schmeichlerischen Brünstigkeit einer wilden, schier zigeunerhaften Hochlandsweise durch die taumelnden Ekstasen seiner Malerkunst, und alle Stimmen daseinsvergessener Lust jauchzen in ihr, — so scheint es, — zur letzten Sinnlosigkeit auf, um den grauen Aschermittwoch noch hinzuhalten, dessen erste Stunde eben anbricht.

Venedig! — Wie verändert ist im XVIII. Jahrhundert das Menschensein in den Lagunen gegenüber dem reichen und ausgegohrenen Bild der Kultur im XVI. Jahrhundert! Nur die ewig farbenvolle und milde Natur ist noch da und nur noch die architektonische Kulisse von einst; auch der Karneval lebt noch, und die großen Feste mit ihrem reichen Prunk werden noch ebenso ceremoniell und mit denselben verknöcherten Symbolen gefeiert wie einst, aber es sind andere Menschen als einst, die im Zuge mit hochmütigem Antlitz gehen und scharf um sich schauen, ein winkendes Liebesabenteuer, einen tollen Streich, eine armselige Intrigue zu erspähen. Nur Schatten wandeln über die Bühne, der geniale Schwung ist heraus, der Charakter verderbt, die Koketterie ist in nervöser Beflissenheit dabei, Leidenschaft zu markieren, die in naturechter Erscheinung sehr selten geworden ist. Die gesellschaftliche Phrase ist an die Stelle der einstigen reichen Durchschnittsbildung getreten; Mann und Weib erbauen sich an den derben Zoten der Volkskomödie in erschütternder Genügsamkeit; kein Geist würzt mehr das Genußleben wie zur Zeit ihrer Vorfahren, und Volkskomödie, Ballett, Spieloper, der geschickte Moralphilister Goldoni, ein bißchen Kirchenmusik, ein bißchen dekorative Malerkunst machen ihr ganzes geistiges Bedürfnis aus. Dante mußte sogar eines Tages besonders für sie wieder entdeckt werden, Boccaccio freilich und besonders die Liebesabenteuer in Tassos „Jerusalem" und Ariostos „Roland" haben sie, wie Tiepolo beweist, nicht vergessen.

Von der alten Aristokratie waren nur noch die Namen da. Die Männer erhielten sich nicht mehr durch thätige Seefahrt und Kaufmannschaft frisch für ihre Staatsgeschäfte; sie prunkten nur noch mit der Würde der letzteren, waren sonst unthätig, verweichlicht, nach französischem Muster vergaßt und schwenkten mit zierlicher Verbuhltheit gegen die noch immer schönen Frauen den Dreispitz, — jenen durch Verdis Arie im „Karneval" unsterblich gewordenen „Hut mit drei Ecken", welcher mit allem Drum und Dran charakteristisch für die Zeit geworden ist. Die großen Vermögen schmolzen in wilder Spielleidenschaft und durch die Regatten zusammen, — das Bravitum blühte, — um die unterirdischen Gefängnisse und die Bleidächer von S. Marco als Heilanstalten für Lippenvoreiligkeit spann sich ein ganz Europa beschäftigender romantischer Nimbus, wie er uns aus Schillers Geisterseher und zahlreichen Romanen jener und der folgenden Zeit vor Augen tritt; die Charaktere verrohten; edle Namen, wie die der Pisani, Contarini, sind als Banditen, Schmarotzer, Hochstapler der Nachwelt überliefert, und wenn man die Standäler innerhalb der Gesellschaft, sogar innerhalb der Klostermauern, soweit sie nicht vor der Öffentlichkeit unterdrückt wurden, überblickt, so staunt man über das versumpfte Ehr- und Sittlichkeitsbewußtsein. Luxus, Spiel, Maitressenwirtschaft fraßen in gleicher Weise an Vermögen und Lebenskraft, — eine nervöse Unstetigkeit trieb diese Verfallvenezianer zügellos von Genuß zu Genuß.

Von der alten orientalischen Abgeschlossen-

Abb. 2. Die heilige Katharina von Siena, Gemälde. Wien.
(Nach einer Originalphotographie von Franz Hanfstängl in München.)

heit des Frauenlebens war jetzt keine Spur mehr vorhanden. Die Frauen hatten deshalb auch längst die eigentümliche süße Blume kindsköpfiger Schönheit eingebüßt, wie sie manchmal Tizian gebildet, Veronese aber in einer herrlichen Galerie hinterlassen hat. Da die Ehe in der vornehmen, jetzt um zahlreiche wohlhabende Bürgerfamilien vermehrten Welt noch immer lediglich ein Geschäft war, hatte sich die illegitime Liebe als ein selbstverständlicher Ersatz üppig ausgebildet. Sie wurde sportsmäßig und mit frivoler Schamlosigkeit seitens der vornehmsten Frauen selbst gepflegt. Die Toilette, der Spaziergang, die nächtlichen Abenteuer bildeten, wie Molmenti in seiner geistvollen Kulturgeschichte von Venedig es geschildert hat, die Beschäftigung der Patrizierinnen; „sie liefen in Begleitung des Cicisbeo, des Hausfreundes, in unzüchtiger Kleidung über die Straße, überließen ihre Kinder den Zofen und Dienern, gaben bei ihren Besuchen Visitenkarten mit anstößigen Vignetten ab", und sie waren hinter allen Sensationen der Unnatürlichkeit her, obgleich sie wie ihre Genossinnen zu Versailles und Fontainebleau bei Schäferspielen und den sehr beliebten Dilettantenaufführungen die Natur in jeder Weise anschwärmten. Die Perücke, das Schönheitspflästerchen, das Kokettieren mit dem Fächer und eine hoch ausgebildete Sprache mittels seines sinnreichen Gebrauchs geben hier dasselbe Kennzeichen wie bei den Männern der Dreispitz und die Kniehosen. Die Menschen waren entnervt, die Anschauungen versumpft durch und durch und in einem pathologischen Taumel nur bedacht, die Sinnlichkeit, welche der Rasse eigen ist, zügellos anzustacheln.

Dem Sittenverfall entsprach der politische wie der wirtschaftliche. An die Stelle des lebenslustigen Fleißes und kühner Thatkraft war ein abenteuerlich verträumter Zug voll Gleichgültigkeit und voll unedler Genußlust getreten. Handel und Gewerbe siechten; die stolzen Flotten waren auf eine Hand voll untüchtiger Schiffe zusammengesunken; es gab keine lebensfähige Staatsidee mehr, man vertraute vielmehr den Ränken einer ebenso geriebenen als skrupellosen Diplomatik, um sich innerhalb der

Abb. 3. Josua gebietet der Sonne Stillstand. Gemälde. Mailand.

politischen Zustände zu behaupten. Die stolze Zeit, in der Venedig als Großmacht alle Meere beherrscht, lebte nur noch in der würdevollen Manier und dem prahlerischen Selbstbewußtsein der Signorie; sie war in Wirklichkeit ein verblaßter Traum von einst, — und wie die Denkmäler von alter Pracht an den Kanälen in traumhaftem Schweigen gleichmütig Tage und Wochen sich folgen sahen, dämmerte Staat und Volk in thatenloser Traumseligkeit dahin und hatte längst aller seiner edelsten Kräfte vergessen. — Diese romantische Vergangenheits- und Ruinenpoesie, dieses Seelendämmern ist ohnehin die Stimmungssphäre Italiens im vorigen Jahrhundert; sie greift von dort mit dem sinnlichen Geschmack des Barocco (und Rokoko) nach dem übrigen Europa hinüber, wo sie sich mit

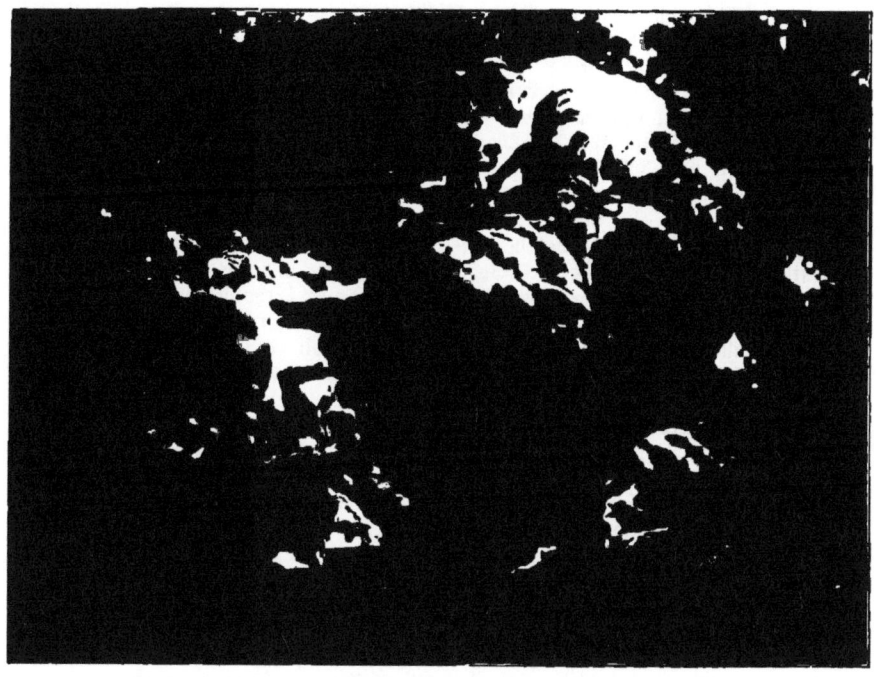

Abb. 4. Deckenteil aus der Villa Nationale. Strà.

einer empfindsam-pathetischen, einer schwadronierenden Auffassung von der Antike im Stil der lateinischen Verfallschriftsteller verband. In Venedig fehlten diese Beziehungen zur Antike, gab vielmehr der Orient die charakteristische Färbung dieser Romantik. Jener Orient, welcher in S. Marco und im Dogenpalast alle Zauber seines geheimnisvollen, die Sinne verwirrenden und die Phantasie erotisch entzündenden Stils abgedrückt und auch sonst allerorten wie der letzte Hauch eines undefinierbaren Parfüms durch die milde Luft zog. Dieser geheimnisvolle Orientalismus, der über Venedig vollständig bestimmend bis tief ins Quattrocento hinein schwebt, ist nie ganz verschwunden. Wer die Malereien und die großen Bauten betrachtet, welche Giovanni Bellini, Tizian, Tintoretto, Veronese, welche Sansovino, Sammichele, Palladio in Venedig hinterlassen haben, der erkennt auch hier dieses orientalische Stimmungselement teils offen liegend teils verborgen überall; mit ursprünglicher Kraft aber entfaltet es sich wieder zur Zeit des Barockstils, der auch außerhalb Venedigs so viele frappante Wesenszüge mit dem Orient gemeinsam hat, und jetzt in Venedig selbst mit heißen Pulsen alles erfüllt, was an Dekoration, Kunstgewerbe, Architektur geschaffen wird. Die arabisch-orientalische Formenwelt kommt dabei nicht oder doch nur wenig zur Geltung, dafür aber die brütende Sinnlichkeit, welche in ihnen steckt und nun in den wulstigen Barockformen in weitem zeitlichen Umkreis um den genialen Longhena herum zum leidenschaftlichen Ausdruck kommt..

Dieser Entartungsstil der Renaissancebewegung, der sehr viel Schönes hervorgebracht, paßte wunderbar hinein in die venezianische Welt, und er vervollständigt erst das Milieu des Verfallvenezianers, wenn auch weniger in architektonischer als dekorativer Beziehung. Hervorgegangen aus der Verschmelzung der italienischen Renaissance mit den nationalen Stilen des übrigen Europa, aus einer dadurch hervorgerufenen Verwilderung des Geschmacks, ist er mit der Übertreibung der natürlichen Formen, der Durchbrechung aller ruhigen

Linien und Flächen so recht ein Ausdruck der despotischen Willkür, des virtuosen Alleskönnens, dem das reine Gefühl für die Natur verloren gegangen ist. Launisch, willkürlich, gewaltsam, sinnlich-frivol, war er der natürliche Lieblingsstil der Machthaber im XVII. und XVIII. Jahrhundert. Fast ohne eine neue oder wenigstens eine große Idee findet er ein spielendes, das Zufällige, Plötzlich-Überraschende, die leidenschaftlichen Aufregungen suchendes Wohlgefallen am Bilden um der Kunststücke willen. Er sucht nicht mehr die Natur um ihrer selbst willen, er versteht sie gar nicht mehr, — er häuft vielmehr und wölbt alle Reize, welche die Kunst der Vergangenheit in Jahrhunderten hervorgebracht, ohne Frage nach Absicht und Bedingung ihres Entstehens an einer Stelle zusammen, um einen rauschenden Orchestertusch hervorzubringen. Nicht zufällig ist der posaunende Engel eines der beliebtesten Inventarstücke in seinem dekorativen Vorrat. Er sucht zu blenden und niederzuschmettern als einzige künstlerische Nebenabsicht, — seine verhehlte Hauptabsicht ist, in der schaffenden Künstlerpersönlichkeit das selbstherrliche Gefühl des Alleskönnens nach freier Willkür hervorzurufen, — seine vorgegebene Absicht ist stets, den fürstlichen Besteller zu verherrlichen, denn er ist der Hofstil des Despotismus par excellence. Zu ihm gehört die Perücke und der Galanteriedegen, die höfische Phrase und der Cäsarenwahn, — er ist von maßlosem Egoismus, frivol, wollüstig, kokett, voll Dünkel einer faden Wissensanhäufung und borniert, — er spreizt sich wie ein Pfau und ist herzlos wie eine Ballerine; es ist viel köstliches Genie an ihn verschwendet worden, und doch hat er in langen Zeiten nur sehr wenig entwickelungsfähige Keime hervorgebracht.

Wie scharf treffen die venezianischen Zustände mit den Charakterzügen dieses Stils zusammen! Er könnte speciell auf diese müde Gesellschaft mit den heißen Sinnen und den kalten Herzen zugeschnitten sein, welche im Staatsleben, in Wissenschaft, Handel, Gewerbe keine Aufgaben mehr fand, die großen Schwung entfalten konnten, — die, eingeengt in die thatlose Erhaltung des Alten und unter hartem und grausamem Druck der Signorie, sich einerseits in zügellosem Liebes- und Genußleben schnell verbrauchte und andererseits ihr edleres geistiges Bedürfnis in gleicher Übertreibung der Ansprüche verderben machte. Der kolossale Prunk dieser letzten venezianischen Gesellschaft in dem Schmuck ihrer Häuser, ihrer Feste, ihrer Ceremonien, in

Abb. 5. Heiliger Johannes, der Menge predigend. Treviso.

Abb. 6. Allegorische Gruppe, Gemälde.
(Nach einer Originalphotographie von Braun, Clément & Cie. in Dornach i. E., Paris und New York.)

Bezug auf kostbare Luxus- und Gebrauchsgegenstände, die außerordentliche Pflege von Theater, Oper, Ballett, Kirchenmusik entsprachen in ihrem Umfang durchaus dem damaligen üppigen Leben zu Rom, Paris, Madrid, Wien, obgleich die venezianischen Mittel dazu ungleich geringer waren; aber was viel verhängnisvoller war als die an den Vermögen zehrende Verschwendungssucht darin, das war der entnervende Geist dieser barocken Kunstformen. Die anderen, noch frischeren Völker rafften sich auf und suchten neue Wege in verjüngten Kunststilen zur Natur zurück, — Venedig erschöpfte sich vollends in dem schwülen Gift dieser Barockkunst, das abzustoßen es bei seiner

Abb. 7. Allegorische Gruppe, Gemälde.
(Nach einer Originalphotographie von Braun, Clément & Cie. in Dornach i. E., Paris und New York.)

vorgeschrittenen Zersetzung in allen seinen Zuständen keinen moralischen Stützpunkt mehr fand. Diese Rasse mit den heißen Pulsen ergoß jetzt ihre wilde Sinnlichkeit in die üppigen Verfallformen, aber der verderblichen Rückwirkung derselben auf sein Kulturleben, dem rauschenden Sirenenlied derselben, mit denen es — nach Molmenti — wie mit einem Narkotikum seine cynischen Liebesträume zügellos nährte, erlag das einst so stolze Lagunenvolk.

Durch den Orientalismus in seiner

Politik ist Venedig einst in die Höhe gekommen. Forschen wir nach den Ursachen aller großen Staatskatastrophen, so scheint es fast, als müßten die Völker immer an dem sterben, das ihnen Leben und Kraft lieh; denn an dem Orientalismus in seinen moralischen Folgerungen ist die Lagunenrepublik auch zu Grunde gegangen. Aus diesem Milieu der letzten hundert Jahre glänzenden Giovanni Battista Tiepolo verkörpert wird, können wir in dem höfischdespotischen Charakter seiner barocken Kunstweise nur begreifen und unvoreingenommen genießen, wenn uns ihre nationale erbliche Belastung, die erdrückende Tradition, das Zusammenwirken aller zeitlichen Zustände bekannt ist. Ohne diese Kenntnis wird man kaum eine objektive Stellung zu

Abb. 8. Studienkopf.
(Nach einer Originalphotographie von K. Gundermann in Würzburg.)

Venedigs aber erklären sich alle zum Zusammenbruch Schritt für Schritt führenden Ereignisse; aus ihm allein sind die letzten Helden der Politik, der Wissenschaft, der Kunst verständlich, welche es als die letzten Funken seiner Lebenskraft auf dem Todesgange begleiteten. Die ersten Verfallkeime liegen weit zurück; wir erkennen sie im Bereich der Kunst schon bei dem raffinierten Sinnenmenschen Tizian; die letzte bestechende Frucht dieser Kulturepoche, welche in dem ihm gewinnen können, wie es zur Not wohl einem der Großen der Geschichte gegenüber möglich ist.

* * *

Die dokumentarischen Quellen über Tiepolos Leben fließen so wenig reichlich wie diejenigen, welche die meisten Künstler vor ihm bis zur Renaissance zurück angehen. Die heutige Betrachtungsweise der Kunst ist ja eine andere als die der Vergangenheit, — sie sucht menschliche Dokumente, um den Schöpfungsprozeß analysieren, ihn durchdringen zu können, indes man früher die Kunst wesentlich im malerisch-poetischen Sinne betrachtete und für den Erzeuger derselben nicht viel mehr als ein anekdotisches Interesse hatte. Wir wissen also von Tiepolos Leben nicht allzuviel, aber doch gerade Daten genug, um den ungefähren zeichnet eines der ältesten Adelsgeschlechter, das Dogen, sonstige hohe Würdenträger und Kriegshelden aus seiner Mitte gestellt hat. Es ist indessen als sicher anzusehen, daß die Familie des Malers mit dieser Adelsfamilie nicht verwandt war, daß sie vielmehr zu unbekannter Zeit, wahrscheinlich in einem Klientelverhältnis zu den adeligen Tiepolos, deren Namen angenommen hat. Ver-

Abb. 9. **Christus am Ölberg.** Gemälde in der Liechtensteingalerie zu Wien.
(Nach einer Originalphotographie von Franz Hanfstängl in München.)

Gang seines Daseins verfolgen zu können. Sein genaues Geburtsdatum ist unbekannt, und sogar das Jahr war bis vor kurzem unsicher. Seitdem aber ist festgestellt, daß Giovanni Battista Tiepolo am 6. April 1696 zu Venedig in S. Pietro di Castello getauft ist, und damit konnte sich das vorjährige zweihundertjährige Jubiläum Tiepolos, das in Venedig und Würzburg gefeiert ward, auf eine bestimmte Jahreszahl berufen. Der Name Tiepolo kehrt in der Geschichte Venedigs häufig wieder; er bemutlich wird der erste bürgerliche Tiepolo zur Hausdienerschaft eines der Patrizier dieses Namens gehört haben. Die Familie ist demnach von unbekannter und niedriger Abstammung. Gewiß aber ist, daß der Vater des Künstlers sich bereits mit ansehnlichem Erfolg hochgearbeitet, denn er war Schiffskapitän und Kaufmann zugleich und hinterließ, als er ein Jahr nach der Geburt dieses vorletzten Sohnes starb, ein sehr ansehnliches Vermögen, das seiner Familie eine sorgenlose Zukunft sicher stellte.

14 Giovanni Battista Tiepolo.

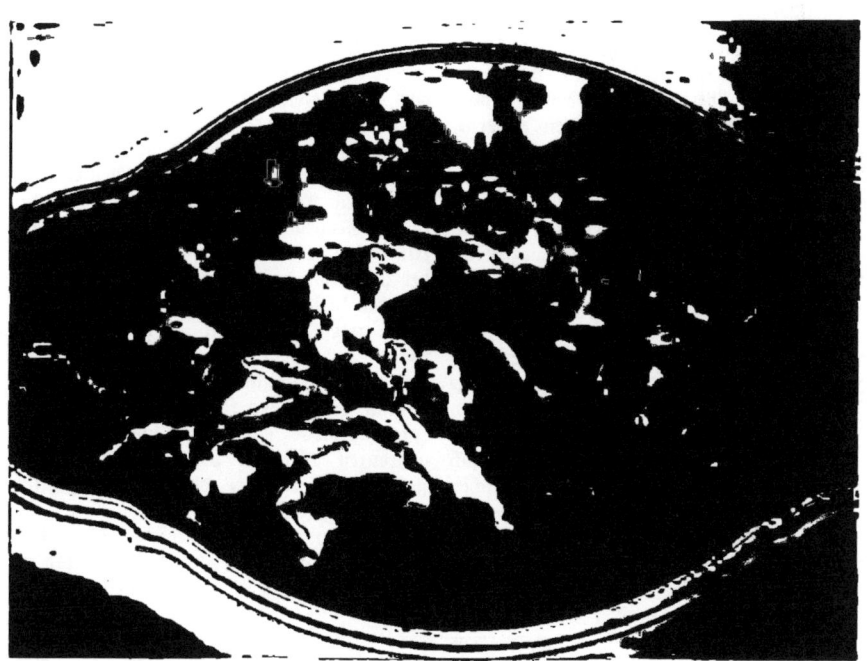

Abb. 10. Bacchus krönt Ariadne, Deckenstück.

Er selbst hieß Domenico Giovanni, und seine Frau, welche ihm sechs Kinder geboren hatte, war eine Orsola Giogali.

Giovanni Battistas Jugend, die er vom ersten Jahr ab unter der alleinigen Obhut seiner Mutter verlebte, scheint sorglos und heiter gewesen zu sein. Es ist überliefert, daß er ein frühreifes Genie war, nicht nur sehr rasch lernte, sondern auch das feurige Bedürfnis nach Viel hatte. Ob es dies Bedürfnis nach unersättlicher Aufnahme war, das ihn in nicht langem Zwischenraume hintereinander drei Lehrmeister verbrauchen ließ, oder ob er ein unruhiger Brausekopf oder ein Muttersöhnchen war, das nirgends aushielt, ist unbekannt. Dieser Umstand ist jedenfalls auffällig, denn es war damals nicht üblich, seine Lehrmeister so schnell zu wechseln. Er kam sehr früh in die Lehre. Man hatte in früheren Zeiten den durchaus richtigen Grundsatz, daß ein Maler die primitiven Handwerksgriffe sich nicht früh genug aneignen könne, um die Affekte seines Seelenlebens, sobald es entfaltet war, gewissermaßen als treibende Kraft sogleich verwerten zu können, ohne seine Herzkraft dann noch mit Schulübungen vergeuden zu müssen. Man war auch aus sehr seiner Beobachtung der Thatsächlichkeit heraus der Ansicht, daß ein begabter Knabe sich das zur freien Ausübung der Kunst nötige Wissen, sobald der Ehrgeiz erst geweckt war, mit Leichtigkeit im Selbststudium aneigne, und daß in der Kunst schließlich eben dieses Selbststudium weitaus kräftigere Früchte trage als der pedantische Unterricht. Jedenfalls hat diese Methode einen Jahrhunderte alten Beweis für sich und dieser wird noch täglich geliefert. Daß die alten Künstler durchschnittlich denen der neuesten Zeit dank früher Befreiung vom Schulzwang an Herzkraft weit überlegen waren, ist so sicher als der andere Umstand, daß fast alle großen Künstler unseres Jahrhunderts eine beschränkte oder wenigstens früh abgebrochene Schulbildung erhielten, wie Cornelius, Menzel, Defregger, Böcklin, Klinger; und doch besaßen und besitzen alle diese Künstler späterhin nicht nur eine reiche Bildung, sondern sie haben auch eine erstaunliche Denkkraft bewiesen. Unsere heutige Weise, welche den Herzschlag schwächt und das Gehirn mit unbrauchbarem Wissen überladet, ist jedenfalls vom Ideal der Künstlererziehung weit entfernt, wie jede biographische Betrachtung der alten Kunst beweist. Tiepolo also, der ein leckes, frohes, seiner schönen Hakennase nach recht eigenwilliges Bürschchen gewesen zu sein scheint, kam zuerst zu Gregoro Lazzarini, der ihn sehr wohlwollend aufnahm. Der damals schon nicht mehr junge Lehrer war ein in Rom und Bologna gebildeter Nachahmer von Veronese, der mit seiner engherzigen Kleinlichkeit das feurige junge Füllen wohl nicht zu zügeln verstand. Jedenfalls ist Tiepolo bald bei Franceschini in der Unterweisung, und hier soll er sich vor allen Dingen nach der zeichnerischen Seite entwickelt haben, die sehr lange in seiner späteren Kunst einen gewichtigen Nachdruck hat und Rasse offenbart, wenn sich freilich Tiepolo auch nie ganz der Liederlichkeit seiner Zeitgenossen in der Pflege dieses wichtigen Teils innerhalb des Kunstwerks, der dessen Knochengerüst darstellt, entzogen hat. Aber auch diesen Lehrer hat der junge Adept sehr schnell aufgebracht. Er versucht von neuem sein Heil bei dem Manieristen Piazetta, der wie alle diese Epigonen Venedigs Nachahmer der großen Zeit in ihrem letzten Stadium gegen 1600 war. Hier lernte Tiepolo das meiste, und mit Glück wußte er sich von der schweren Ton- und Schattengebung seines Meisters fernzuhalten, die er mit dem schnellen Blick der Frühreife als einen Nachteil empfand. Er soll nach der Überlieferung, welche durch die eigenartige Sicherheit des Künstlers dem Modell und der Natur gegenüber bestätigt wird, viel Naturstudium in dieser Zeit getrieben haben. Bis 1712 ungefähr, also bis in das sechzehnte Lebensjahr des jungen Künstlers hinein, wird sich längstens diese eigentliche Lehrperiode erstreckt haben, die schon vorher selbständige Früchte trug, denn von 1712 etwa ab beginnt die frühe und überreich fruchtbare Thätigkeit Tiepolos in den Kirchen und Palästen und war sein Ruf als Darsteller sowie Freskentechniker vorhanden und mit einer großen Zukunft in den Augen der Zeitgenossen verknüpft. Ein besonderes Ansehen verlieh ihm dabei der Umstand, daß er schon in dieser Frühzeit die heikelsten Probleme der Perspektive sicher gelöst haben soll ... alternde und stumpf gewordene Zeiten schätzen ja immer das technische Kunststück höher als das organisch gewachsene Kunstwerk. Diese erste Jugendperiode möchte ich bis etwa 1740 abgrenzen, weil die paar datenmäßig feststellbaren Werke vor dieser Zeit ersichtlich einen Jugendstil tragen.

Tiepolo ist als frühreifes Wunderkind in die Kunst getreten und darin lag in künstlerischer Hinsicht ein Unheil für ihn

Abb. 11. Agamemnon aus dem Homercyklus.
Vicenza, Villa Valmarana.

Abb. 12. Detail aus dem Homercyklus. Vicenza, Villa Valmarana.

sein Lebenlang. Er ist dies Mißgeschick nie ganz los geworden. Ein unreifer Knabe kann mit spielender Gelenkigkeit Schwierigkeiten der Ausführung lösen, er kann mit der erstaunlichen Wiedergabe dessen verblüffen, was andere vor ihm gemacht oder im besten Falle, was die Natur ihm außen zeigt. Um Welt und Natur zu durchdringen, bedarf es reifer Kraft und Fassungsgabe. Das thätige Wunderkind ist auf das Virtuosentum angewiesen, und ist der Geist erst einmal darauf dressiert, auf äußerlich überraschende Wirkungen hin zu arbeiten, so kommt er nicht wieder los davon, — er ist für die Kunst unfehlbar verloren. Ich kenne nur eine Ausnahme davon: Mozart. Dies Mißgeschick ist es, das Tiepolo sein ganzes Leben lang abgehalten hat, ein großer Künstler zu werden, — wozu er das Genie wohl besaß, — denn er ist in seinem Besten und Feinsten selbst von dem virtuosen Gesichtspunkt nicht frei gekommen.

Das macht es gleichgültig, daß nur ein Teil der Hauptwerke von ihm datierbar ist und ein anderer, größerer Teil ohne ein nachweisbares Geburtsjahr in seiner Schaffenszeit herumirrt und bald früher, bald später angesetzt wird. Es macht es gleichgültig, weil solche virtuose Naturen eine nicht sehr starke innere Entwickelung durchmachen, sich anscheinend jahrzehntelang immer im Kreise herumdrehen und keine neuen Theorien aufstellen. Der Anfang zeigt bei ihnen dieselbe Höhe wie das Ende; sie schöpfen wohl von Zeit zu Zeit aus einer neuen Quelle und werden noch geschickter oder lassen in der Gelenkigkeit nach, aber sie wachsen nicht und ihre Werke sind nur äußere Haltepunkte, keine inneren Erlebnisse und Vermehrungen des seelischen Künstlerbesitzes. Tiepolos früheste Deckenbilder und sein erster großer Wandcyklus haben so ziemlich dieselbe Fertigkeit wie seine spätesten Werke, — es gibt sogar bei einzelnen von ihnen, die mit jahrzehntelangem Zwischenraum entstanden sind, so unwesentliche Differenzen, daß es geradezu auffällig ist. Tiepolo ist allzu früh fertig mit sich und der Welt, er wird nur geschickter und sicherer in der Wirkung, aber er wächst geistig nach seinem frühesten Hauptwerk nicht mehr.

Aber auch nach einer zweiten Seite zeigt sich die virtuose Auffassung Tiepolos von seiner Kunst. Er ist Handwerker und Künstler zugleich. Von der reichen Fülle seiner Schöpfungen ist die Mehrzahl so ganz das Erzeugnis einer Dekorationsmalerwerkstatt mit den Geschäftsgrundsätzen guten Verdienstes bei rascher und solider Bedienung, daß sie als ganz uninteressant außerhalb der Betrachtung bleiben müssen. Nur der dem Umfang nach kleinste Teil seines Werkes besteht eine ernsthafte Kritik . . .

hier aber freilich und unter den Einschränkungen, welche einer virtuosen Verfallkunst entgegenzusetzen sind, ist Tiepolo als Ausdruck seiner Zeit eine so fesselnde und im Rahmen der Kunst des vorigen Jahrhunderts so wichtige Erscheinung, daß sie ohne Überschätzung die vollste Aufmerksamkeit verdient.

Aus dem Tiepolowerk der frühesten Zeit tauchen als erste Strahlen des Genies einige Prophetengestalten in der Spitalkirche della Pietà auf, wird auch im Zusammenhang mit einem ersten großen Erfolg ein „Durchzug der Kinder Israels durch das Rote Meer" genannt, der indessen verschollen ist und eines Tages vielleicht wieder zum Vorschein kommt, nachdem Tiepolo neuerdings in eine gewisse Mode gelangt ist und seine vor wenigen Jahrzehnten noch fast preislosen Staffeleiwerke Unsummen erzielen, — was auf „Entdeckungen" immer günstig einzuwirken pflegt. Sonst ist fast nichts der Zeit zwischen 1712 und 1737 mit Sicherheit zuzuschreiben; es ist geradezu merkwürdig, daß dieser frühreife und als Knabe schon angesehene Maler in den ersten fünfundzwanzig Schaffensjahren so ausschließlich Handwerksarbeit und so wenig Kunst hervorgebracht haben sollte, daß nichts davon überliefert ist. Da er von Haus aus wohlhabend war und nicht um Geld sich zu schinden brauchte, liegt hier ein Rätsel, das der Aufklärung bedarf und sie wohl noch eines Tages finden wird. Bekannt ist nur im allgemeinen, daß Tiepolo in Kirchen und Palästen Venedigs wie des Festlandes nahebei und bei Lombardei weiterhin geschaffen hat. Zu den Frühwerken muß auch ein mir unbekanntes Deckenbild im Großen Ratsjaal des Dogenpalastes gehören, das den Sieg von Giorgio Cornaro und b'Alviano über die Deutschen behandelt und von A. Zucchi in einem mir nicht zugänglich gewesenen Stich wiedergegeben sein soll. Da der Stecher 1740 starb, muß das Werk in diesem Jahre spätestens abgeschlossen gewesen sein.

Das früheste sicher datierte Werk und zugleich eine der Hauptschöpfungen von Tiepolos ruheloser Hand ist der große Freskencyklus in der Villa Valmarana bei Vicenza, der nach einer von Molmenti in einer der Karnevalsscenen entdeckten Jahreszahl 1737 entstanden ist. Tiepolo war bereits 41 Jahr alt, als er dies Werk schuf, und sein zehnjähriger Sohn Domenico war außer dem Gehilfen Girolamo Colonna bereits als Schüler dabei thätig. Aber es ist ein so jugendlicher Reiz darin spürbar, und Tiepolo erscheint darin in so liebenswürdiger Künstlergestalt, daß man dies Werk ohne allzu große Kühnheit mit Veroneses Malereien in der Villa Barbaro

Abb. 13. Rinaldos Erwachen aus dem Arlostcyklus.
Vicenza, Villa Valmarana.

Abb. 14. Dido und Amor als Ascanius aus dem Bergllcykus. Vicenza, Villa Valmarana.

zu Major in Vergleich setzen darf; auch hier ist ein sonniger Punkt, wenn man will: ein Glück — im Künstlerleben spürbar, das aus allen Poren der Schöpfung weht. Das Kunstunternehmertum, das in Italien seit der Renaissance in hoher Blüte stand und bis auf die Bilder weniger Großen und eine beschränkte Zahl von Meisterwerken fremde Beilängs in die monumentalen Werke vielfach brachte, tritt in diesen Cyclen sehr zurück, obgleich einige Teile anscheinend ganz von Schülerhand ausgeführt sind. Aber es bleibt doch ein so liebenswürdiger, persönlicher Zug durchgängig in den heiteren Improvisationen dieser Villa, wie sonst nur bei wenigen Hauptwerken Tiepolos, und man meint zu spüren, als wäre beim raschen Niederwerfen der Kompositionen liebliche Musik in der Seele des Malers vorhanden gewesen. — Die Villa Valmarana liegt auf einem Hügel ganz nahe an Vicenza mit entzückender Aussicht auf diese Stadt wie Padua, hieß ursprünglich S. Sebastiano, war in den ersten Jahrzehnten des XVIII. Jahrhunderts von einem Grafen Valmarana gekauft, ausgebaut und ihre Ausmalung von 1737 an Tiepolo übertragen worden. Das Hauptgebäude ist ein schlichtes Landhaus von zwei Geschossen und mit einer Veranda nach dem kleinen Garten zu versehen. Rechtwinklig dazu begrenzt den Garten ein ebenso einfaches Fremdenhaus, und beide tragen eine provinzielle Anspruchslosigkeit in den wenig geschmückten Fassaden zur Schau. Das Hauptgebäude enthält einen Saal und vier Zimmer im Erdgeschoß, deren Wände und teilweise auch Decken von Tiepolo ausgemalt sind, wobei er die Ornamentik, die Architekturen und einige Nebensächlichkeiten von Colonna ausführen ließ. Der Saal und das erste Zimmer sind dem Homer, das zweite dem Ariost, das dritte Tasso, das vierte der Äneis Vergils gewidmet; der Besteller war also ein feingebildeter Litteraturfreund und zwar mit Neigung für die volkstümliche Poesie des antiken wie modernen Italien. Die Technik ist Fresko, — die königliche Technik, welche Tiepolo in Venedig bei der Kirchenmalerei teilweise als etwas Neues wieder einführte, und deren Schwierigkeit für diesen aus tausend

Erinnerungen heraus rasch improvisierenden, schnell schaffenden und sicher treffenden Darsteller ein Kinderspiel war; er blieb auch einer der letzten bedeutenden Vertreter dieser Technik, die mit seinem Abtreten für viele Jahrzehnte aus der großen europäischen Kunst verschwindet und außer in einigen Teilen Italiens nur noch in Tirol versteckt und nahezu unbekannt weiter vegetiert hat. Der Aufbau ist lapidar, breit, keck, die Zeichnung schwungvoll, oft sprühend und von geistreicher Bizarrerie, das Kolorit einfach, klar und kraftvoll. Tiepolo hat nicht sehr viele Farben auf seiner Palette, aber er weiß sie geschickt zusammenzustellen, um eine flüssige Darstellung zu erzielen oder durch seine Kontraste den Beschauer zu beschäftigen; er liebt die Mischfarben und wird mitunter in modernem Sinne intim damit; die Technik dieser Bilder, von denen er mehrere kaum wieder übertroffen hat, ist so solide, daß die Malerei noch heute nach einhundertundsechzig Jahren frisch wirkt, obgleich sie nie restauriert ward. Der philosophischen Geschichtsauffassung jener und der vorangegangenen Zeiten entsprechend ist auf Echtheit der antiken und ritterlich-romantischen Erscheinung gar kein Gewicht gelegt, die Frauen treten im venezianischen Gesellschafts- oder Volkskostüm auf, die Helden in einer Phantasietracht aus Antike und Renaissance, die übrigen Personen bäuerisch-bürgerlich. Die Typen sind unverkennbare Berufsmodelle, und zwar die in wenigen Varianten in Tiepolos ganzem Werk wiederkehrenden, — sie haben den frisierten, koketten, empfindsam-faden Ausdruck der theatralischen Schlußzeit von Venedigs Epoche, und Männer wie Weiber zeigen den der Zeit wie Tiepolos Kunst eigentümlichen starken Stich von Prostitution. Die Auffassungen sind graziös, im Stil der Galantericen, der Schäferspiele, der lebenden Bilder auf den Dilettantenbühnen gehalten; sie sind von anmutiger Zurückhaltung und jener schwärmerischen Rührseligkeit erfüllt,

welche für dies Jahrhundert von der Mitte ab bezeichnend ist und in Rousseau wie Goethes Werther ihren mächtigsten Ausdruck späterhin erhalten hat. Tiepolo erscheint hier geradezu als Vorläufer. Dabei ist das persönliche Verhältnis des Künstlers zu den Stoffen interessant, denn es gleicht dem des Ariosto zu seinen romantischen Gestalten. Wie jener ein humanistisch gebildeter Weltmann ist, der mit frohlockendem Händereiben eine Schnurre an die andere reiht, sich seiner tollen Einfälle freut und im Geist am Schmunzeln des demnächstigen Hörerkreises im voraus sein Poetenherz wärmt, aber an all die „ausgeheckten Abenteuer nicht glaubt," — so fehlt auch dem Sohn des Aufklärungsjahrhunderts die Naivetät, welche sich in den Schaffens-

Abb. 15. Saturn. Vicenza, Villa Valmarana.

stunden vollkommen in die poetische Illusion zu versenken vermag. Er hat wohl unter dem Eindruck des Orts, der Dichtungen, des Auftrags mit fröhlicher Stimmung gemalt, was ihm Idyllisches, Wirksames, ja Drolliges einfiel und dem Modell vor Vergnügen über das leichte Gelingen und den trefflicheren Wurf des Ganzen scherzend die Wangen gekniffen, — gläubig versunken war

Der Saal ist dem „Opfer der Iphigenie" gewidmet und hier finden wir in der Verteilung wie in den Malereien selbst bereits alle die gesuchten Überraschungen und technischen Spielereien, ohne welche Tiepolo undenkbar ist. An der Decke ist die herabschwebende Diana, an den Wänden die nicht glückliche Opferung selbst dargestellt, dazu aber hinter gemalten Pfeilern

Abb. 16. Detail der Kindergruppe. Vicenza, Villa Valmarana.

er nicht einen Augenblick in den Gegenstand, — es ist kein heißer Seufzer darin, der über das Erwachen des Künstlers aus der Poesieversunkenheit zur Gegenwart quittiert. Er vergißt nie, daß er ein sehr ausgezeichneter und berühmter Herr ist, der eigentlich dem Philister von Aristokraten eine Riesenehre anthut, wenn er ihm für sein schäbiges Geld so wunderbare Sachen an die Wand malt. Dies reflektierende Selbstgefühl findet sich übrigens im ganzen Tiepolowerk.

um so trefflicher die zuschauenden Kriegergestalten, — von denen einige in ihrer kühnen Darstellung böcklinisch anmuten, — Pagen, Hunde, über welchen die Schiffsmasten der Flotte draußen sichtbar werden (Abb. 11). An der einen Wand schwebt vor den Pfeilern gerade die Hirschkuh auf einer Wolke herab (Abb. 12). — Im ersten anstoßenden Zimmer ist die Iliade weiter behandelt. Eine allegorische Darstellung an der Decke, an den Wänden der Streit der Fürsten, der Raub der Briseis,

Abb. 17. Austeilung des Rosenkranzes durch den heiligen Dominicus.
Deckenbild in der Chiesa bei Gesuati. Venedig.

Abb. 18. Die Jungfrau in der Glorie und der heilige Dominicus.
Deckenbild in der Chiesa bei Gesuati. Venedig.

die wegen der markierten Wildheit und der Modelle die Karikatur gerade streifen, und dann in einer sehr schönen Komposition der schmerzversunken in einer Arkade hockende Achilles, den zu trösten Thetis auf dem draußen wogenden Meer herangeschwommen kommt. Die letzte Wand ist mit einer anmutigen Landschaft von Vicenza geschmückt. Die beiden folgenden Zimmer haben die lieblichsten und malerisch auch am glücklichsten durchgebildeten Schöpfungen aufzuweisen; in ihrer lyrischen Zartheit atmen sie so sehr den Hauch der sentimentalen Litteratur, daß man sich eine vollkommenere Illustration aus dem Geist der Zeit heraus kaum denken kann, obgleich die nicht günstigen Modelle den jedesmaligen Helden wie einen Friseurgehilfen in Maskenkostüm und seine Donna als geschminkte Grisette anschauen machen. Das zweite Zimmer (der ganzen Reihe) ist Ariosto geweiht, und man sieht da die Befreiung der Angelica durch Roger, die Auffindung des verwundeten Medor durch Angelica, das Liebesidyll in der

Hütte des Bauernpaars und die Liebenden im Wald. — Das dritte Zimmer gibt die Armidaepisode bei Tasso wieder. Rinaldo unter Armidens Gesang eingeschlafen, dann das Paar bei zärtlichem Kosen von den Befreiern belauscht; das Erwachen Rinaldos aus dem Liebesbann (Abb. 13) und schließlich sein Abschied von der Zauberin. — Das Vergilzimmer viertens enthält die Fluchtscene von Äneas, Anchises und Ascanius aus Troja unter dem Geleit der Venus, dann Amor als Ascanius vor Dido (Abb. 14), dann Merkur den Äneas weckend und schließlich eine Reihe von daran geknüpften Episoden innerhalb von Medaillons in Reliefmanier. Die erste Darstellung ist in diesem Raum die beste. — Das sind die Malereien des Landhauses, zu denen Colonna noch außer dem ornamentalen und architektonischen Schmuck Satyrn, Bauern, Putten, Vögel gefügt hat.

Die Malereien im Fremdenhaus sind nur zum Teil von Tiepolo und sehr ungleich. Hier hat sich vielleicht Domenico und Colonna, wahrscheinlich aber noch eine dritte Hand verherrlicht, denn Verschiedenes fällt völlig aus dem Tiepoleskten heraus. Vom Meister selbst sind im vierten Zimmer die fünf Gruppen antiker Gottheiten, und hier Saturn (Abb. 15) wie Jupiter in der Auffassung und der malerischen Durchbildung so herrliche Würfe, wie sie in gleicher Art bei Tiepolo nicht wieder zu finden sind. Hier hat er fast das einzige Mal selbstvergessen die Natur zu fühlen vermocht und Brille, Perücke mit Zopf und Schnallenschuh beim Malen abgelegt, und man erkennt herzfroh, welche Kräftigkeit diesem Talent von Hause aus mitgegeben war. Von den übrigen Räumen enthält der erste chinesische Scenen, für welche das vorige Jahrhundert eine besondere Vorliebe hatte und diese in Porzellan- und Gefäßsammlungen, in chinesischen Theepavillons und Tempeln innerhalb der fürstlichen Parks auch reichlich bethätigte. Der Stil dieser Scenen ist roh, mühselig, man kann sagen: furchtsam, — der darstellende Gehilfe hat alle Inventarien dieser Chinesereien von chinesischen Theebüchsen und vielleicht einem oder dem anderen Bilderbogen entnommen, wovon er viel freilich nicht gesehen hat; ebensowenig ist ihm ein lebendiger Chinese je zu Gesicht gekommen, denn er kennt die charakteristischen Züge des mongolischen Typus gar nicht. Das zweite, auch wohl nur von Tiepolo bei der Arbeit überwachte Zimmer enthält drollige Bauerndarstellungen, bei denen die Zote, die im Tiepolowerk reich vertreten ist, schon vorkommt, — im dritten Zimmer sieht man ansprechende Kostümfiguren, und zwar realistisch geschilderte Zeitgenossinnen und Kavaliere auf dem Spaziergang, — das vierte zeigt die schon genannten und eigenhändig gemalten Göttergruppen, — das fünfte, wiederum ganz von Schülerhand ausgeführte und sehr unbedeutende, Karnevaldarstellungen, auf deren einer sich auf der an die Hauswand geschlagenen Bekanntmachung das Datum der Entstehung sowie der Name Tiepolo befindet. Das sechste Zimmer enthält nur belanglose Dekorationen, — das siebente schließlich eine Reihe

Abb. 19. Deckenstück im Palazzo Rezzonico. Venedig.

von spielenden Kindergruppen (Abb. 16), die weniger in der Malerei als in der Naturbeobachtung ausgezeichnet sind und auf des Meisters Mitarbeit weisen. Das ist die reizende Frühschöpfung Tiepolos in der Villa Valmarana, die uns den Künstler zuerst auf seiner bis jetzt bekannten Bahn als eine abgeschlossene Persönlichkeit von einer bestimmten Färbung und in fortführender Beziehung zu seinem Vorbild Veronese zeigt. Freilich erreicht er den großen Stil desselben so wenig als die heitere Ruhe und die stille Pracht, und der Geist seiner Gebilde ist durch den heißen Dunst des Verfalls gegenüber der Vergangenheit getrübt, wie dies nicht anders sein kann. Ein freundliches Geschick hat über dieser Schöpfung wie ähnlich über Veroneses Villa Barbaro zu Maser gewaltet. Als 1848 die Österreicher Vicenza besetzten, hauste die zügellose Soldateska auch in der Villa Valmarana in böser Weise, — an die Bilder aber wagte sich keine vandalische Hand heran.

In diesem gleichen Jahr 1737 schloß Tiepolo mit den Dominikanern der Jesuitenkirche einen Vertrag über die Ausmalung ihrer Kirchendecke; es drängt sich um diesen Zeitpunkt herum ohnehin die Fertigstellung mehrerer datierter Monumentalwerke zusammen, so daß nach ihnen sich ungefähr die Ausführung verschiedener weiterer Arbeiten bestimmen läßt. Das bereits 1392 gegründete Kloster, zu dem diese Kirche gehört, war 1688 von den Dominikanern in Besitz genommen und das Gotteshaus 1726 neu erbaut. 1739 führte der Künstler alsdann diesen Schmuck zum größeren Teile aus, schloß ihn aber anscheinend nach einer mehrjährigen Pause erst 1747 ab. Der Darstellungskreis gehört der Legende des heiligen Dominicus an und die Manier

Abb. 20. Deckenteil im Palazzo Rezzonico. Venedig.

Abb. 21. Deckenteil im Palazzo Rezzonico. Venedig.

zeigt schon im ganzen alle die Eigentümlichkeiten, welche mit Tiepolos Werken dieser Art verbunden sind. Vor allem springt sogleich das Princip dieser Weise mit ihrer unkünstlerischen Ausartung in die Augen. Kuppel- und Gewölbemalerei sind ja sehr alt, aber die Kunst der italienischen Renaissance hat doch mit dem richtigen Instinkt eine technische Entwickelung nach dieser Seite sehr verlangsamt, solange sie sich in lebendiger Berührung mit der Natur befand und dementsprechend vor Augen hielt, daß einer Darstellung in der Luft über uns schwebender Menschen der seelische Ausdruck des Kunstwerks verloren gehen müsse, und daß ein solcher Anblick vorwiegend ein ängstliches Unluftgefühl beim Beschauer erwecken müsse. Mantegna, Melozzo da Forli, Michelagniolo haben immer noch die Verbindung ihrer Gruppen mit der Architektur aufrecht erhalten, — sie haben meist unter Verzicht auf die verkürzte Untenansicht tafelbildmäßige Schöpfungen hervorgebracht, die nicht hauptsächlich auf die bloße Illusion von schwebenden schwergewichtslosen Menschenleibern ausgingen, sondern den künstlerischen Inhalt in erster Linie im Auge gehabt. Michelagniolo malte seine Erschaffung Adams nur eben laut Aufgabe an die Decke der Sixtinischen Kapelle, wie er denselben Gegenstand mit geringer Änderung an die Wand gemalt hätte. Correggio dagegen hat mit den allerdings prächtig gelösten Schwebefiguren in der Domkuppel zu Parma für die malenden Trapezkünstler der Nachfolge des großen Florentiners einen bedenklichen Anstoß gegeben. Veronese hernach hat in Maser mit der Zurückhaltung seiner Natur in bescheidenem Maße Ähnliches vor Augen gehabt und einen weiteren Schritt in seinem großen „Triumph der Venezia" im Dogenpalast gethan, wobei er sich freilich klug in der Verbindung mit der Architektur hielt und das System nicht bis zur vollen Absicht auf Schwebewirkung trieb, vielmehr die Klippen der Untenansicht umsteuerte. Er war zu sehr Künstler, um nicht zu wissen, daß in dem Augenblick, wo es ihm nicht mehr auf die seelische und charakteristische Bildung der Gestalten ankam, die Kunst aufhörte. Zwischen Veronese und Tiepolo liegen die übertreibenden Entartungen des Barocco mit seinen teils dekorativen, teils Überraschungen und äußerliche Täuschungen anstrebenden Grundsätzen. Die freischwebenden Gestalten Correggios, für welche das Gesetz der Anziehungskraft nach unten nicht vorhanden ist, — seine fußbodensicheren Wolken imponierten den Baroccotechnikern viel zu sehr, als daß sie es nicht nachahmten. Der Zuschauer sollte jetzt wirklich glauben, daß statt Kuppel und Decke der Himmel über ihm lachte und seine Herrlichkeiten enthüllte. Die Fußsohle und die Beinpartien wurden jetzt zum gleichen Spiegel des Menschlichen, wie es vorher das Gesicht gewesen war, und da ein vorgeschobenes Gesicht bei einer folgestreng durchgeführten Verkürzung stets den Anschein erweckte, als ob dem Schwebenden schwindlig würde und sich gleich bei ihm Seekrankheit einstellte, begnügte man sich vielfach mit einer bloßen Nasenspitze, wie es Tiepolo selbst wiederholt ausgeführt. Und da mit den früher vorhandenen Mitteln keine zur völligen Illusion genügende Helligkeit der Decke, noch weniger aber der Kuppeln zu erreichen war, griff man schließlich zu solchen Kunststücken, wie sie Mansard in der Kuppelkonstruktion des Invalidendoms und Bibiena der Jüngere in S. Antonio zu Parma angewendet hat. Das System ist unkünstlerisch durch und durch, und mit dem Abtreten Tiepolos, der einer der kühnsten Vertreter desselben war, ist es denn auch im allgemeinen als aufgegeben zu betrachten. — Diese Decke der Jesuitenkirche zeigt ihn bereits weit auf dieser Bahn; er sucht seine Stärke in tollen Capricen, verwendet zur Steigerung der Schwierigkeit für sich fast ausschließlich Fresko und seine Decken werden zu unmittelbaren Rapportvermittlern zwischen

Abb. 22. Deckenteil im Palazzo Rezzonico. Venedig.

den Andächtigen und den Paradiesischen. In seinen Glorien schweben die Heiligen und Madonnen aus dem Kirchenraum zum Himmel empor und auf vorgelagerten Architekturen begehen sie symbolische Handlungen und liefern den greifbarsten Beweis, daß sie vollkommen schwindelfrei sind. Er geht über das Bisherige in solchen Capricen noch hinaus und scheut keine Unmöglichkeit, um einen imponierenden Gesamteffekt aus lauter Fortissimi der Technikerphantastik zu erhalten. Allerdings ist er dabei ein äußerst geschickter Darsteller. Seine Gestalten sind rund, von realistischer Treue, er weiß wirkungsvoll zu gruppieren, interessant zu zeichnen, und dann hat er außer abgestimmten, lebendigen Farben ein prachtvolles Licht, wie es in dieser Kraft und Durchsichtigkeit keiner vor ihm malen gekonnt oder zu malen gewagt hat.

Das nimmt diesen Schöpfungen viel von der Künstelei des Systems, wozu auch sein unleugbarer Schönheitssinn und in seinen besseren Sachen wenigstens ein Reichtum an Einfällen beiträgt. — Das Mittelstück dieser Decke in der Jesuitenkirche behandelt die „Verteilung des Rosenkranzes durch den heiligen Dominicus" (Abb. 17). Von einem Gebälk aus, welches das Halbrund der Mittelstückseite durchschneidet, baut sich eine menschenbesetzte Treppe auf; an diese schließt sich

Abb. 23. Die Beständigkeit und die Bescheidenheit. Deckenteil der Chiesa bei Carmini. Venedig.

eine Terrasse mit gegenüberliegendem Tempelbau. Von Engeln unterstützt beugt sich der Heilige vor und reicht den Rosenkranz einer ihm Hände entgegenstreckenden Menschengruppe. Ein junges Weib mit einem Kind schreitet die Treppe herab, andere Frauen, Männer, ein Prälat lagern und stehen auf den Stufen, auf dem Gebält drunten liegen faul und gleichgültig wie ihr träumender Hund daneben Bewaffnete, und nur ein Bursche guckt höhnisch über das Gesims in die Tiefe, wo eine Megäre und ein Verfehmter am Bildrand hocken und sich halten, Lucifer aber kopfvoran weiterstürzt — nach unten in den Kirchenraum hinein. Man erkennt hier Motive aus der Sixtinischen Kapelle wieder, wenngleich allen Dingen in den drolligsten und lauter unmöglichen Stellungen durch die Luft, — sie haben den Beruf der Spaßmacher und Stimmungserwecker in Tiepolos festlichen Bildern. Auch der unten stark dekolletierte Engel mit großen Flügeln und vom Wind weit herausgeschleuderten Gewändern, mit springender Bewegung ist ein Hauptbestand in jedem tiepolesken Bild nahezu. Wie in seinen Modellen ist er auch in den

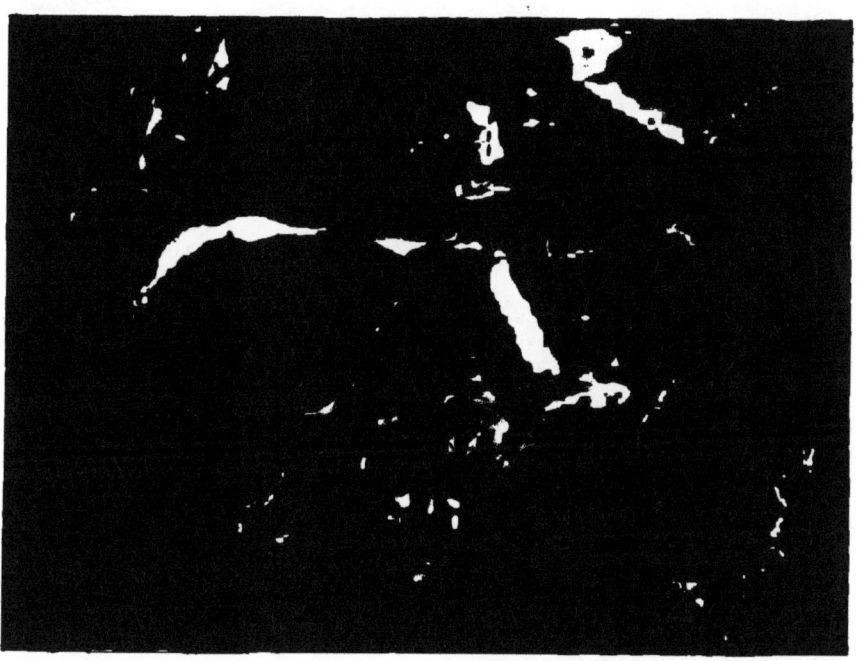

Abb. 24. Triumph des Hercules. Deckenbild in Verona.

alles in seinen Formen reicher und rundlicher, in der Malerdarstellung reizvoller, zarter und durchsichtiger herauskommt. Am Tempelgiebel droben tragen große Engel mit graziöser Sprungbewegung der bis zum letzten Grade der Anständigkeit entblößten Beine gemeinsam mit Putten und beflügelten Engelköpfen eine Wolke, auf der die Madonna mit dem Rosenkranz haltenden Bimbo sitzt, und darüber schweben wieder große Engel mit Putten. An Putten verbraucht Tiepolo kolossal viel. Sie tragen Schleppen, Wolken, Zweige, Embleme, — sie singen, lachen, spielen, — sie purzeln vor episodischen Motiven von erheblicher Einförmigkeit. Nicht allein die Liebhaberei für häufig angebrachte Hunde teilt der Künstler mit seinem Vorfahren Veronese; geht man in die Einzelheiten hinein, so findet man die Vorbilder gerade für die besten Motive vielfach in den Hauptwerken des Cinquecentisten. Die Skizze zu diesem Mittelstück ist in Berlin übrigens als Ölbild vorhanden; sie würde für ein Wandbild der Anordnung nach besser passen, da die Madonnengruppe stark herausgearbeitet ist, was bei der Ausführung abgeschwächt und geändert ward; man erkennt aus ihr ein

Abb. 25. Übertragung des heiligen Hauses nach Loretto.
Deckenbild in der Chiesa dei Scalzi. Venedig.

robustes Malertemperament, das sich durch Reflexion zu zügeln verstand. — Von den beiden Seitenfeldern behandelt das eine die „Glorie des heiligen Dominicus", der einem dicht über seinen Augen schwebenden Stern nach gen Himmel getragen wird. Das andere Bild (Abb. 18) zeigt den auf Altarstufen knieenden und mit inbrünstiger Andacht einen Laienbruder segnenden Heiligen, während der Gesegnete nach dem klösterlichen Ceremoniell für Weihen lang hingestreckt ist, und oben in einer durchbrochenen Kirchendecke die von Engeln, Papst, Prälaten mit sehr zeitgenössischen Zügen umgebene Madonna erscheint. Daneben schwebt unschön und ungerechtfertigt ein leuchtertragender Engel über den Stufen und beschattet mit seinem flatternden Kleid eine Putte und zwei Hunde. — Diese Weise der Allegorie, wie man sie hier vor sich sieht, ist nur mit ihren besonderen Nuancen tiepolesk, — sie ist in Venedig schon seit Tizian vorgebildet, wenn auch die Darstellung der ruhigen Menschenexistenz im Cinquecento noch erster Zweck des Künstlers war. Das dekorative Princip des Barocco dagegen hat einen bestimmten Kreis von Formen, Bedeutungen und Beziehungen dafür entwickelt, und namentlich dann unter der Einwirkung des Jesuitentums auf die Kunst ist eine Steigerung der sinnlichen Mittel hinzugekommen. Solche Motive waren zu Tiepolos Zeit längst eine traditionelle Scheidemünze geworden, an der er nichts ändern konnte, es vielleicht auch nicht wagte; er brachte nur wie auch in seine profanen Allegorien gewisse Neuerungen, Freiheiten und Zweideutigkeiten hinein und glänzte durch Kunststücke, — eine Erneuerung des Ideenkreises anzubahnen war seinem im strengen Sinne unproduktivem Geiste durchaus versagt. In dieser prunkvollen Anhäufung von personifizierten Eigenschaften und Machtattributen, von Ceremonien spiegelt sich vollkommen der Despotismus des XVII. und XVIII. Jahrhunderts, der allen Glanz, allen Genuß, alles Wirken nur auf die eine Herrscherpersönlichkeit eines Landes bezogen wissen wollte und die Kunst ernstlich nur schätzte und lohnte, soweit sie einen höfischen Charakter trug. Und dieser Anschauung begegnen wir zu jener Zeit in allen Schichten und in allen Erscheinungen der Gesellschaft. Der allegorisch-selbstherrliche Zug offenbart sich so gut in den ausgebildeten Fächer-, Blumensprachen, in der bedeutsamen Gruppierung des Schönpfläsierchens wie in der Weise, sich zu schminken oder die Perücke zu tragen bei den Frauen, in dem Männerceremoniell, in der Verkehrung des Natürlichen in sein Gegenteil bei den Prunkstücken, in der Architektur. Das Palais zum Park zu wandeln, die Parklauben zu schweren Steinkolossen auszubilden, einen Buchsbaum nicht anders genießbar zu finden, als wenn er in der Form einer Pyramide oder gar eines Gesichts zugeschnitten war, — das ist Zeitgeschmack, dem in seiner spitzfindigen Sophistik die Natur ohne diesen Aufputz als eine Gemeinheit galt. Noch nach Tiepolos Abtreten hat es vieler Jahrzehnte einer durchgreifenden Arbeit auf allen Gebieten bedurft und so großer Kunstthaten wie die des Weimaraner Kreises und eines Cornelius, um die nach neuem Leben dürstenden Seelen rein von diesem Wust zu baden.

Kaum war Tiepolo von den Gerüsten der Jesuitenkirche heruntergestiegen, so zog er für ein Weilchen zum Festland hinüber, wo er 1740 in Mailand beim Marchese Clerici eine Palastdecke mit einem Gefährt des Sonnengottes schmückte. Gleich darauf finden wir ihn in Verona im Palazzo Canossa und hier schuf er als Deckenmalerei einen „Triumph des Hercules" (Abb. 24), der gleichfalls mit dem auch im Palazzo Rezzonico und Würzburg unter den Hauptschöpfungen noch wiederkehrenden Sonnenwagenthema verbunden ist. Hercules selbst hat mit der Schilderung nichts weiter zu thun, als daß er behaglich auf dem Wagen ruht und die Hand auf eine riesige Keule stützt; er ist nur ein Deckname aus der im Aufklärungsjahrhundert sehr beliebten römischen Mythologie, um einer ideenlosen Dekoration einen klangvollen Namen zu geben. Von den mächtigen Pferden zeigen zwei die Untenansicht umfangreicher Bäuche, — sie gehören jener kleinköpfigen und schwerfälligen oberitalischen Rasse an, für die Tiepolo ein klassisches Exemplar, so oft er wollte, am Colleonedenkmal des Verrocchio auf der Piazza vor S. Paolo e Giovanni studieren konnte. Unter verschiedenen Gruppen, welche den wolkigen Raum füllen, treten zwei jugendliche Frauengestalten, Allegorien auf die Stärke und den Frieden, besonders hervor, von denen eine die Züge der Kleopatra vom Palazzo Labia, also seines Modells Christina, nur etwas jugendlicher als sich ungefähr ansetzen läßt. Eine tolle tiepoleste Ausgeburt sind auf dem Herkulesbild die schwere Steinpyramide, die leicht

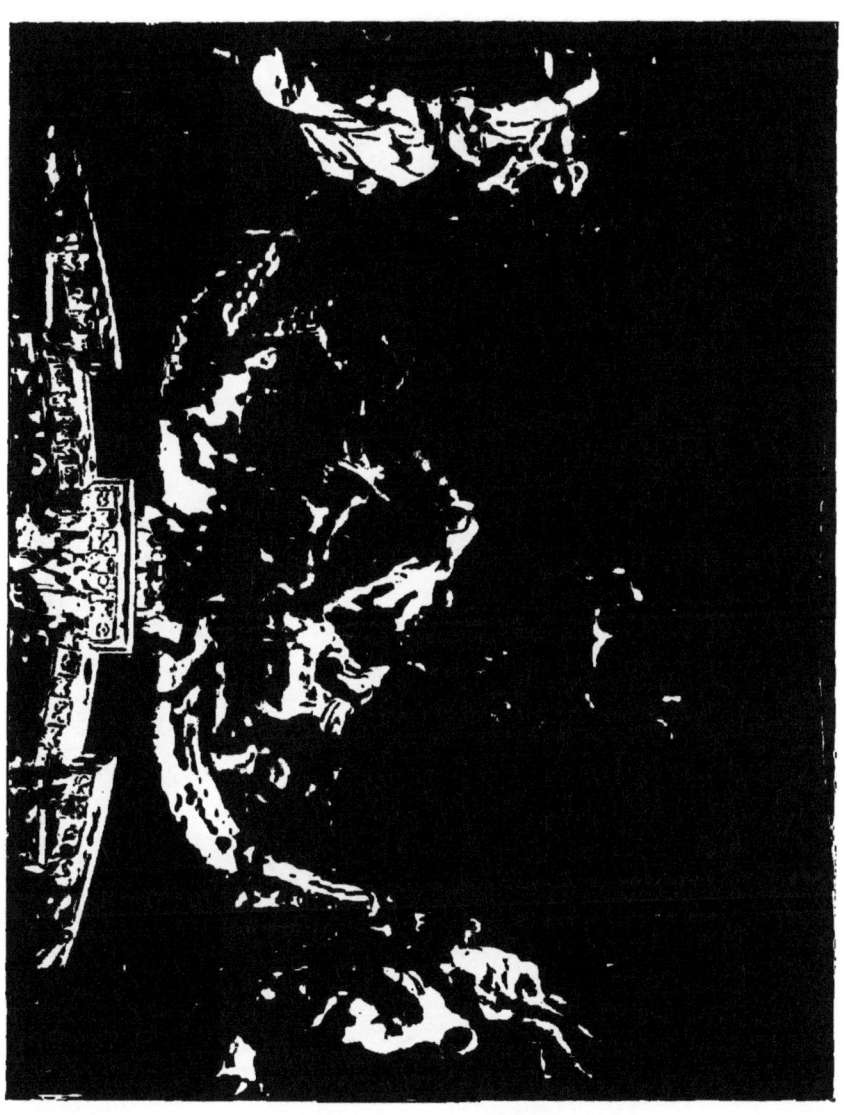

Abb. 26. Glorie der heiligen Therese. Deckenbild in der Chiesa bei Scalzi. Venedig.

dort trägt, so daß die datenlose Entstehung der Kleopatramalereien, eines der besten Tiepolowerke, in Übereinstimmung mit der satten Reife des Stils nur wenig später, etwa Anfang bis Mitte der vierziger Jahre, 1000 Centner wiegen kann, sowie eine Steinsäule, welche sich auf den Wolken erheben. Das werden seine Zeitgenossen für einen geistreichen Witz — oder für unauffällig gehalten haben. 1743 schuf der Künstler alsdann in der Chiesa dei Carmini eine „Jungfrau in der Glorie," welche dem für die armen Seelen im Fegefeuer bittenden heiligen Simon Stock erscheint, wobei mit Wenigem sehr geschickt in der Ecke Qualm und Qualen der Vorhölle angedeutet sind, und dazu noch einige Tugendpersonifikationen in einer kraftvollen Schönheit der Auffassung, die an Veroneses ähnliche Gestalten im Dogenpalast unmittelbar er-

Abb. 27. Christus am Ölberg. Deckenstück in der Chiesa dei Scalzi. Venedig.

34 Giovanni Battista Tiepolo.

innert. Hierauf jedoch entsteht von 1743 bis 1744 in der Chiesa dei Scalzi ein neues Hauptwerk an der Decke des Hauptschiffes, der sich mehrere Arbeiten in Seitenkapellen anschließen, und auch hier ist wieder ein Mengozzi Colonna als Gehilfe genannt. Das Hauptbild, das in der Formenschönheit der Gestalten, der geistreichen, leichten, wie zufällig wirkenden Komposition, der schwungverbuhlte, aber herzkalte Künstlerpersönlichkeit erscheinen! Da wird von einer fidelen Kumpanei fröhlich durcheinander wimmelnder und sich geschäftig um die Ehre des Tragens drängender Engel und Putten die Casa leicht durch den Äther dahingeführt und ruhig sitzt auf dem Dach derselben die Madonna mit dem Bimbo und dem wolkentragenden Stab reizender Putten. Der

Abb. 28. Köpfe der Dominikanerinnen aus dem Altargemälde der Chiesa dei Gesuati. Venedig.

vollen Zeichnung und dem lebensvollen Kolorit zu Tiepolos reifsten Werken vor Würzburg zählt, stellt nach der bekannten Legende die Ueberführung des Hauses der Maria durch Engel nach Loretto dar (Abb. 25), wo es noch jetzt, mit einem reichgeschmückten steinernen Mantelbau versehen, gezeigt wird und ein weit und breit beliebtes Wallfahrtsziel ist. Zu welcher prächtigen Schöpfung hat diese anmutige Legende den Künstler begeistert und in welcher Liebenswürdigkeit läßt sie uns diese sonst vielfach so sinnenheiße und heilige Joseph kniet auf einer Wolke daneben, Gott ob dieses Wunders preisend, — eine Gruppe von Posaunenengeln schwebt auf einer in das Deckengetäfel übergreifenden weiteren Wolke, — eine andere drüben begleitet den Posaunenschall mit Tambourinschlag, und geflügelte Köpfchen tummeln sich lobsingend rings herum und vermehren das Gewirr graziös geschwungener Tanzbeine der Großen. Oberhalb der Madonna thront dazu auf einer von Wolken gebildeten Höhe der segnende Gottvater, dessen feier-

Giovanni Battista Tiepolo. 35

lichen Spruch ein ganzes Orchester von enggescharten Engeln begleitet. Unterhalb der tragenden Gruppe aber stürzen wieder griffenen Zuschauern. Wie auf nahezu allen von Tiepolo gemalten Deckenbildern greifen auch hier Wolken und Gestalten mehrfach

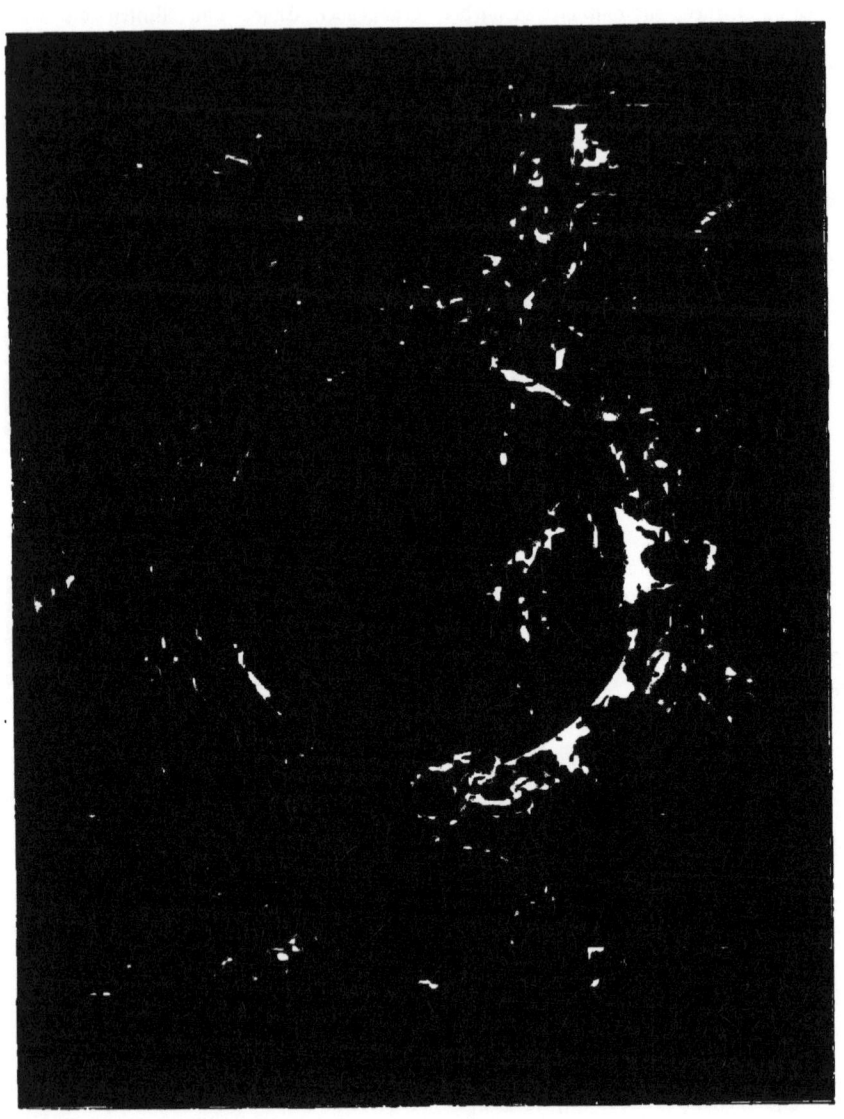

Abb. 29. Decke im Palazzo Labia. Venedig.

kraftvoll gebildete und erdenschöne Unterweltsgestalten kopfüber in die Tiefe, und rings herum sieht man an drei Stellen des als Fassadensims behandelten Bildrahmens die fein charakterisierten Köpfe von er- über den Rahmen hinaus und verdecken die gemalte Stuckornamentik, deren Behandlung der Künstler meisterhaft beherrscht. Während die Vergangenheit die schwere, gefährliche und kostbare Stuckornamentie-

3*

rung und Kassettierung in natura verwendete und bald mit den Neigungen des Barocco parallel in tollen Experimenten Wolken, Gestalten oder Gliedmaßen auf Blechtafeln gemalt und diese über dem Stuck angebracht oder auch diese Gegenstände ganz oder teilweise plastisch gebildet hatte, um durch ein Herausfluten der Bilddarstellung auf die Dekoration die Illusion der Lebendigkeit zu steigern, zog man es jetzt — und vor allem Tiepolo selbst — vor, den Deckenstuck gleichfalls zu malen, was billiger und ungefährlicher war, mehr mit der Malerei in der Täuschung zusammenging, aber auch freilich eine äußerst geschickte Hand erforderte. — An die Decke einer Seitenkapelle der Chiesa dei Scalzi hat der Künstler alsdann eine „Glorie der heiligen Therese" (Abb. 26) in der schon aus der „Glorie des heiligen Dominicus" her bekannten Weise gemalt, nur daß die Malerei hier etwas robuster und virtuoser in der kräftigeren Wirkung erscheint, an den beiden Schmalseiten Engelgruppen auf Wolken dahinter gemalte Marmorengel verdecken und auf einer in das Bild hinein konstruierten Balustrade ein reiches jugendliches Orchester das Emporschweben der Heiligen mit den süßen Stimmen der Musik begleitet. So malerisch und bewegt das Ganze ist, macht es doch einen theatralischen Eindruck, und man hat sofort die Erinnerung an eine der beim Ballett noch heute nicht abgethanen Apotheosen, bei denen der Vorhang zum Schluß nur für einen Augenblick noch hochgezogen wird, um der unnatürlichen Scene durch Flüchtigkeit des Anblicks die Illusion zu erhalten. — Als eine banale Geschmacklosigkeit so recht aus dem Geist des entarteten Barocco heraus dagegen offenbart sich eine andere Malerei um eines groben Lichtkunststücks willen in der Capella del Crucifixo derselben Kirche. Da ist Grau in Grau der Heiland (Abb. 27) am Ölberg mit schlafenden Jüngern in der Weise des gequetschten Reliefs gemalt, in voller Lebensfarbe aber um ihn herum schwebende Engel und Putten mit den Marterwerkzeugen und sonstigen Symbolen wie dem Schweißtuch, dem ungenähten Rock, Dornenkrone, Geißel, Zange, Bambusrohr; es ist eine unerquickliche Künstelei, die nur auf einen rohen Sinn eine gewisse Wirkung ausüben kann.

Von 1745 sind dann Fresken in Bergamo und zwar in der Capella Colleoni des Doms, sowie zu Brescia in der Kirche S. Faustino e Giovita eine Marter der Christen zur Zeit Trajans datenmäßig belegt, und schließlich 1749 seine noch zu erwähnende berühmte „Kreuztragung" (Abb. 59—61) in der Chiesa di S. Paolo als Votivbild für Alvise Cornaro. Ob Tiepolo 1745 bis 1749 mit Domenico auswärts gewesen ist und vielleicht zu Mailand in der Kirche Ciel d'oro den Schiffbruch des heiligen Satyrus und die Marter des heiligen Viktor gemalt hat, wie vermutet worden ist, oder in Udine war, muß eine offene Frage bleiben. Ebenso, zu welchen genauen Zeitpunkten einige Profanmalereien für den Palast des Dogen Cornaro (jetzt Mocenigo), den der Bagliones und andere ausgeführt sind. Anscheinend gehört dem Ende der vierziger Jahre auch eine „Auffindung des heiligen Kreuzes durch die heilige Helena" an, die für die Decke der Chiesa delle Cappucine a Castello gemalt ist, sich jetzt aber in der Akademie zu Venedig befindet. Die natürlich vollkommen schwindelfreie heilige Helena steht in dem kreisrunden, an unruhiger Gehäustheit leidenden und etwas jahrig gemalten Bild auf einem Giebelsims neben dem riesigen Kreuz, das starke Männerarme halten. Sie spricht mit pathetischer Handweisung nach oben zu einer Gruppe prächtiger Charaktergestalten vor ihr, die ihr ergriffen lauschen, und zu einem reichen Gefolge hinter ihr. Es liegt wirklich am Bild selbst, wenn sich einem der Vergleich mit einem Zimmerpolier aufdrängt, welcher auf dem Dachstuhl der Schar seiner Leute die übliche Richtfestrede hält.

Eines der schönsten Hauptwerke des Meisters, und in dieser Hinsicht gleich bedeutend nur mit der Villa Valmarana, Udine, Würzburg, Madrid, ist in dieser Zeit vor Würzburg die anscheinend gegen 1745 entstandene Profanmalerei in der Villa Labia, — eine auch in kulturhistorischer Hinsicht überaus interessante und charakteristische Schöpfung, die man nach Tizian und Giorgione, nach Veronese gleichsam als dritte Entwickelungsstufe zur modernen Kunst betrachten kann, wenn man den Beruf der venezianischen Kunst als Zwischenglied zwischen Renaissance und Modernität gelten läßt. — Zunächst Ort und Gegenstand. Der

Abb. 30. Mittelstück aus der Decke im Palazzo Labia. Venedig.

von Cominelli erbaute Palazzo Labia, eine nicht sehr umfangreiche, aber anziehende Barockarchitektur mit der Seitenfront nach dem Canal Grande und der eigentlichen Hauptfront nach einem Seitenkanal besitzt im Erdgeschoß eine große, kunstvoll durch ein Säulenpaar gegliederte Halle, welche der Schauplatz von Tiepolos glücklicher Thätigkeit war. — Er hat mit seiner Abwägung der Hauptsache gegen die mehr rend Amor jenseits des Pegasus mit einem spähenden Blick in die Tiefe einen Purzelbaum schlägt. Oberhalb lagert auf Wolken mit einem Puttengefolge ein schönes junges Weib, wohl die epische Poesie, und bei ihr erhebt sich eine Pyramide, die hier besonders bestimmt ist, auf Ägypten als den Handlungsort der Wandschilderung hinzuweisen. Die reich ornamentierte Decke zeigt sonst über den vier Ecken noch je ein gemaltes

Abb. 31. Fortuna. Deckendetail vom Palazzo Labia. Venedig.

dekorativen Teile sich hier nur mit einer kreisrunden Deckendarstellung (Abb. 29 u. 30) und in ihr mit einem einfachen Motiv und wenigen Figuren begnügt. In der von ihm beliebten Untenansicht ist ein galoppierender Pegasus hier zu sehen, von dem ein lanzen- oder griffelbewehrter Engel mit hochgebauschtem Gewand, — es ist stets frischer Wind in dem sonnigsten Tiepoloäther, — kühn ausschaut und der Gruppe dicht vor ihm nicht achtet, in der ein sitzender alter Mann die Hellebarde abwehrend gegen das herausausende Roß kehrt, ein junges Weib ängstlich ihren Kopf in dessen Schoß birgt, wäh- Relief und steht mit den vier Seitenwänden dazu durch Kartuschen in Verbindung, welche in diese hineingreifen. Auf den Langwänden thronen hier allegorische Gestalten des Sieges sowie der Gerechtigkeit und des Friedens (Abb. 40 u. 41), die in Bezug auf die Kleopatra unten nicht gerade als logisch damit zusammenhängende Themen gelten können. Darauf ist es den Barockkünstlern ja auch nie angekommen. Auf den beiden Breitwänden greifen die Kartuschen bis zur Rahmenkrönung der beiden Bilddarstellungen hinunter und hier sind beide Gruppen darin auch in enge Beziehungen zum Haupt-

vorwurf gesetzt: über dem Gastmahl sitzt
ein finsterer Greis auf dem Glückswagen
(Abb. 31) und zwar in zärtlicher Um-
kommende Zephyr, den Schmetterlingsflügel
als solchen charakterisieren, — und bläst
den Schiffen drunten Segelwind zu, wobei

Abb. 32. „Gastmahl der Kleopatra". Wandmalerei im Palazzo Labia. Venedig.

schlingung mit einer nackten Fortuna, —
über der Abreise drüben reitet in kühner
Silhouette ein prächtiger alter Windgott
auf Wolken,   natürlich der hier in Frage
ihn zwei Putten mit drolligem Gethue unter-
stützen (Abb. 36 u. 37). Eine fabelhaft
gut gemalte Scheinarchitektur von sehr edlen
Formen überzieht die Wände und gibt zwi-

schen den Pilastern Durchblicke in einen Fest=
raum hier und auf eine Rhede dort mit
einer täuschenden panoramatischen Wirkung
(Abb. 32 u. 33). Es ist darin ein Meister=
auge im ersten Augenblick des Eintritts in
die Halle glauben muß, Zeuge von festlichen
Vorgängen zu sein. Da blickt man nun
zuerst zwischen den beiden Thüren der einen

Abb. 33. „Einschiffung der Kleopatra". Wandmalerei im Palazzo Labia. Venedig.

stück einziger Art hier festzustellen. Nur ein
so durchtriebener Techniker wie Tiepolo und
dann auch ein so kühner Lichtmaler konnte
wagen, eine solche Darstellung mit der Ab=
sicht auf eine völlige Wirklichkeitsillusion
anzulegen, so daß ein naives Beschauer=
Schmalseite in eine um vier Stufen erhöhte
helle Festhalle hinein, vor deren Bogen der
Tisch mit der Hofgesellschaft aufgerichtet ist
(Abb. 35). Zur Rechten sitzt als Vene=
zianerin der Verfallzeit in Brokat köstlich
gekleidet die ägyptische Königin und ist eben

mit selbstbewußter Miene im Begriff, die berühmte Riesenperle in das von einem Mohren gereichte Essigglas zu legen, um sie aufzulösen und damit durch das Opfer ihres kostbarsten Schatzgegenstandes dem Geliebten ein barockes Zeichen ihrer hingebenden Zuneigung zu geben. Mit finsterem Gesicht steht ein beturbanter Würdenträger hinter ihr, der einen Blick des Hasses auf den Römer wirft, weil er in ihm den Urheber alle Anwesenden gehe. Auf der Empore (Abb. 34) oberhalb der Scene sieht man ein Orchester unter Leitung eines bebrillten Maëstro, auf den niemand sieht, den zum Vorgang nötigen Tusch ausbringen, und auf den gemalten Stufen, welche die Verbindung zwischen der wirklichen Vorhalle und dem gemalten Festraum herstellen, steht neben einem zierlichen, ihn anlässenden Schoßhündchen ein widerlich verwachsener

Abb. 34. Detail aus dem „Gastmahl der Kleopatra". Palazzo Labia, Venedig.

zum Untergang dieses Herrscherhauses und den Bethörer seiner schönen Königin sieht. Mit allen Zeichen der Spannung verfolgt ihr gegenüber der in eine römische Rüstung gehüllte Antonius den geschichtlichen Vorgang, dessen Bedeutsamkeit sich auch in der Haltung eines mit dem Rücken zu uns gekehrten „Civilisten" seines Gefolges in venezianischer Senatorentracht spiegelt. Zwei andere Römer und zwei Nubier stehen starr hinter ihnen, — es ist als ob ein tiefes Atmen der Erwartung, ob wohl die Königin wirklich so wahnwitzig sein wird, durch

Hofzwerg als Zuschauer. Die panoramatische Täuschung von einem anscheinend wirklich vorhandenen Festraum mit Gesellschaft wird dadurch gesteigert, daß man über den beiden Thürgesimsen daneben Teile der Empore und weiterhin zwischen den Pfeileröffnungen mit Schalen und Tellern geschmückte Anrichtegestelle und Tische mit schwatzenden und herrichtenden Schaffnern und Dienern erblickt, und daß in den zwei Wanddurchblicken im Obergeschoß zwischen den Ecken und zwei vorhandenen natürlichen Fenstern die Oberteile des Festraums sichtbar werden. Über den doppelten Thüren der Seitenwände befinden sich dazu noch, als ruhende Frauengestalten aufgefaßt, Allegorien episode ihr prosaisches Ende finden sollte. Auch hier leiten vorzüglich gemalte Marmorstufen zum fliesenbedeckten Quaiboden hin-

Abb. 35. „Gastmahl der Kleopatra". Hauptbild im Palazzo Labia. Venedig.

auf die Künste. — Auf die Gegenseite ist in gleicher Weise die Abreise des Antonius und der Kleopatra zur Schlacht bei Actium (Abb. 38) gemalt, wo diese berühmte Liebes- auf, von dem eine Laufbrücke — jeder Nagelkopf ist in ihr sichtbar! — zur Königingaleere hinüberleitet. In ziemlich gespreiztem Mennettschritt und mit einem

Abb. 36. Zephyr. Deckendetail vom Palazzo Labia. Venedig.

Festkleid angethan, unbedeckten Hauptes naht von links her Kleopatra an der Hand des Antonius, der, während er bewundernd an ihrem Gesicht hängt, im Bühnenschritt näher schreitet, um in die Schlacht zu ziehen. Hinter ihnen ist ein zahlreiches Gefolge von Charakterköpfen, Hals und Stirnpartie eines Schimmels sichtbar, neben der Königin kniet ein ägyptischer Großer. An der rechten Seite des Bogens hält ein Mohrenknabe ein großes Windspiel zurück, auf der Brücke harren ein Edelknabe mit der Krone auf dem Kissen, ein alter Mann, der Minister oder Oberpriester sein mag, und ein Krieger, welcher einen Befehl erteilt, des Zuges. Die Lanzen der Garden und riesige Schiffsschnäbel überragen die Gruppe, oberhalb der auf Mast und Raestange Matrosen geschäftig am Hissen der Segel sind. Der Vorgang ist lebendig, er ist ungemein anziehend charakterisiert, so theatralisch er im ganzen aufgefaßt ist. In den Durchblicken oberhalb der beiderseitigen Thürgesimse setzen die Lanzenspitzen das Gefolge andeutungsweise fort; in den sich anschließenden beiden größeren Wandöffnungen sieht man links die Frauen der Königin (Abb. 39) und das Pferd eines reitenden Fahnenträgers, rechts eine Gruppe Publikum, so daß in Verbindung mit den oberen, den weiten Himmel zeigenden Öffnungen und der für jene Zeit radikalen Lichtmalerei die Illusion eine verhältnismäßig starke ist: nur einige Risse im Kalk des Hauptbildes stören heutzutage den Eindruck etwas.

Festlich, heiter, voll sonniger Schönheit, ohne allzu großen Aufwand farbenkräftig, lichtgetränkt bis in die durchsichtigen Schatten hinein, haben wir hier eine auf Realistik ohne jede allegorische Zuthat abzielende geschichtliche Darstellung in beiden Gesamtbildern, die für die Zeit ihres Entstehens eine sehr bemerkenswerte Neuheit war und in ihrem System mit einiger Änderung erst viel später durch die belgische und die Münchener Schule wieder aufgenommen ist, aber unter viel geringeren Mitteln des Ausdrucks. In Bezug auf die Wirklichkeitsgabe, das volle Licht

Giovanni Battista Tiepolo. 45

können diese Kleopatrabilder des Palazzo Labia in der That als die ersten modernen Geschichtsbilder und als die mit Bewußtsein betretene Bahn zur Gegenwart betrachtet werden. Das ist eine sehr wichtige Eigenschaft derselben. Man vergleiche die Veronesesche Auffassungsweise hiermit. Bei dem Venezianer des Cinquecento, der in seiner Art zu malen Tiepolos Vorbild auch für den Palazzo Labia war, trotz allen Sinnes für die Gegenständlichkeit doch die ideale Sphäre eines Vorgangs, der aus dem Persönlichen herausgerückt ist. Gestalten, die tugendliche Begriffe oder Klassentypen darstellen, in ruhiger Pose und in jedem Zoll vollendete und klassische Vertreter dessen sind, was sie zu markieren haben; nicht zu viel, nicht zu wenig, kein Erdgeruch, kein Zug menschlicher Hinfälligkeit und seelischer Schwäche, der Appell des edlen Geistes und des vornehmen Charakters an die verwandten, keine allzu wichtigen Nebensächlichkeiten, und in der Einzelperson wie in ihrem Verhältnis zum ganzen Vorgang ein ausgeglichenes, schier königliches Dasein ohne materielle Anhängsel und Lokalfarbe gleichsam. So stark der Schritt Veroneses aus der Renaissance mit der übermenschlichen Größe des Menschentums schon ist, bleibt er doch innerhalb der Grenze einer unsinnlichen Idealität. Wie anders der Venezianer des XVIII. Jahrhunderts! Der große weite Gesichtspunkt der Individualität in der Blütezeit ist ihm vollständig verloren gegangen, — er empfindet weder die politische Seite seiner vorgetragenen Geschichte in ihrer weltgeschichtlichen Bedeutung und in ihrer tragischen Rückwirkung auf die beiden Hauptpersonen, noch vermag er als Poet dem treibenden erotischen Gesichtspunkt seiner Schilderung eine ethische oder wenigstens ästhetische Färbung abzugewinnen. Er stellt den Vorgang einfach, wie er ihn sich in seiner Phantasie denkt, als Maler dar, — er sucht durch Licht von natürlicher Schärfe und Kraft, durch raffinierte Modellierung und scharf berechnete Bewegung ein photographisch treues Bild eines gewesenen Vorgangs in einer Art darzustellen, die ein ungebildetes Auge in die Täuschung ver-

Abb. 37. Deckendetail vom Palazzo Labia. Venedig.

jetzt, als sehe es greifbare Wirklichkeit. Wenn er dazu für die Figur der Kleopatra eine vornehm nach der letzten Mode gekleidete Zeitgenossin von der Riva und sonst weiterhin die Gestalten verwendet, die er in den Gassen Venedigs herumlungern sah, so bleibt er damit nur innerhalb der unhistorischen Geschichtsauffassung seiner Zeit, die ihren Plutarch, Cäsar, die Größe der römischen Antike in einem fort im Munde führte, ohne mehr als eine oberflächliche Kenntnis davon zu haben. Tiepolo hat es ja fertig gekriegt, auf der schon erwähnten „Marter der Christen" dem

Abb. 88. „Einschiffung der Kleopatra". Hauptbild im Palazzo Labia. Venedig.

römischen Statthalter eine Tabakspfeife in den Mund zu stecken, was allerdings wahrscheinlich ein schlechter Malerwitz ist, aber besonders wertvoll für die kulturgeschichtliche Betrachtung. Es ist eine psychologisch hochinteressante Thatsache, daß in der Verfallzeit

Abb. 39. Die Malerei und Wandteil aus dem Palazzo Labia. Venedig.

ebensogut Unwissenheit sein kann. Tiepolo verlegt eben den Vorgang in seine nächste Gegenwart, wie es die Maler vor ihm allesamt gethan; er wird damit durch seinen Realismus und sein Dekadententum sowohl das ursprüngliche Naturgefühl als die Größe des Denkvermögens den schaffenden Individuen verloren gehen, weil die Herzkraft geschwächt ist. Dafür steigert sich das Nervenleben und die Sinnesaufnahme;

Auge, Ohr, Geruch, Geschmack, die Geistesgegenwart verfeinern sich und werden der Außenwelt gegenüber sensibler. Man betrachte daraufhin Antonius und Kleopatra als die am individuellsten durchgebildeten Personen. Wir wissen, wer das Modell der Kleopatra war, — ein Mädchen aus dem Volk, aber von diesem durchtriebenen Verfallvenezianer aufgespürt, weil ihr Wesen wie ihre Erscheinung alle die Eigentümlichkeiten der vornehmen Venezianerin jener Zeit an und in sich trug, die uns litterarisch bereits bekannt sind. In diesem langaufgeschossenen, nicht unschönen Geschöpf mit den schamlos entblößten Brüsten und dem gezierten Schritt und den aus Berechnung zurückhaltenden frechen Zügen ist die natürliche Lebenskraft des Volks wie ihres Geschlechts bereits erschöpft. Wie sie ihre Reize lediglich mit kosmetischen Mitteln erhält, hält sie sich nur durch ihre Nervosität, die leidenschaftslos sie fieberhaft von Abenteuer zu Abenteuer treibt. Es ist eine von jenen zahllosen Frauen des sinkenden Venedig, wie sie Molmenti trefflich geschildert hat, welche die intimen Gewohnheiten ihrer sämtlichen Freunde kennt, sich nach den Neigungen ihres Mannes dagegen gelegentlich als wie nach etwas, das ihr fremd ist, — bei ihrer nächsten Freundin erkundigt. Antonius ist diese Entartung auf das männliche Geschlecht übertragen. Dieser hagere und entnervte Wüstling, der die Frau nur als Weib kennt und ihren Wert nur nach seinen Erfolgen bei ihr taxiert, scheint in jedem Zoll dieser erotischen Donna würdig. Wie kraftlos ist seine Gespanntheit auf dem „Gastmahl", wie ausgebrannt und kalt das feuerlose Auge mit dem froschartigen Blick, welcher halb geschmeichelt über die Größe des gebrachten Opfers, halb argwöhnisch lauernd nach den etwaigen Hintergedanken der Herrin forscht; denn an selbstvergessene Liebe glaubt sein ermattetes Herz nicht mehr. Und wie bramarbasierend ist seine Stimme beim Abfahrtsgang gefärbt, wie frech giert sein Auge ohne Scheu vor dem Gefolge, um ein flackerndes Lächeln cynischer Erinnerung auf das ihrige zu locken. Bis in die Einzel-

Abb. 40. Der Sieg. Deckendetail vom Palazzo Labia. Venedig.

Abb. 41. Gerechtigkeit und Frieden. Deckendetail vom Palazzo Labia. Venedig.

heiten hinein läßt sich die schwüle, miß‍dünstige, müde Überreiztheit als Surrogat der Herzkraft verfolgen. Man beachte die Rückgratschwäche der Füllfiguren und selbst die nervöse Silhouette des schlanken Wind‍hundes. Wieviel mehr Natur ist in einem Hund von Veronese, geschweige denn in irgend einer gemalten Bestie von einem der großen Renaissancemenschen! Es ist dazu eine weiterhin ganz merkwürdige Erscheinung, welche die Zeit wie den Künstler charakte‍risiert, daß auf den zahlreichen Werken dieses reichen Darstellers üppiger Formen, graziösester Flug- und Tanzbewegung, in‍brünstiger Verzückung, — die Fresken der Villa Valmarana nur bedingungsweise aus‍genommen! — nur dekorative Theaterbäume, nicht zehn Blumen, kein Grashalm, nicht ein Gebirgszug, kurzum nichts vorkommt, was die geringste Neigung für die land‍schaftliche Natur offenbart. Er hat seine Verfallmenschen deshalb so wunderbar fein in der blutleeren Erschöpfung ihres Lebens‍stils gezeichnet, weil er selbst ein entnervter Salonmensch war, dessen durch Parfüm verderbte Instinkte vor der Natur sich scheu zurückzogen, weil sie die rächende Uner‍bittlichkeit ihrer Gesetze ahnten. Dieser fast immer blendende und manchmal völlig berauschende Farbentaschenspieler trug eben einen heimlichen Pferdefuß in seinem ele‍ganten Lackschuh.

Der Überblick über die im Tiepolowerk wiederkehrenden Vorwürfe ist so wenig reich als der seiner Typen. Dutzendfach sieht man dieselben Modelle immer wiederkehren, und wer sich die Mühe geben will, der kann verfolgen, wie die weiblichen darunter allmählich an Jahren zunehmen und bei den Männern sich die Furchen vertiefen. Seine Kleopatra trafen wir schon in einem früheren Werk an, und ein spanischer Anek‍dotenerzähler, den Urbani anführt, hat uns überliefert, daß Tiepolo sie noch 1761 benutzte und mit sich nach Spanien nahm. Sie hieß Christina und war die Tochter eines Barkenführers von Venedig. Auch über das Mohrenmodell des Kleopatra‍cyclus wissen wir Einiges aus der gleichen Quelle. Tiepolo hatte eine Vorliebe für

Neger; er kaufte den in Frage stehenden „Alim" von Seeräubern, ließ ihn 1741 taufen, nachdem er ihn im Christentum hinter dem Palazzo Labia nicht zurück stehende Schöpfung hat Tiepolo in dem einstigen erzbischöflichen Palast zu Udine

Abb. 42. Himmelfahrt Mariä. Altarbild in der Würzburger Schloßkapelle.
(Nach einer Originalphotographie von K. Gundermann in Würzburg.)

unterrichtet, und schätzte ihn so sehr, daß er ihn nach seinem 1749 erfolgten Tode wohl nach vorhandenen Studien in einem jetzt verschollenen Bildnis abkonterfeit haben soll.

Eine an Kraft und farbiger Schönheit hinterlassen, dessen Inhaber, der Patriarch Delfino, sein Gönner war. An der Decke der Sala rossa befindet sich ein gut komponiertes und ebenso kräftig gemaltes als durchgeführtes „Urteil Salomonis" (Abb. 49),

Giovanni Battista Tiepolo. 51

unter mehreren Deckenbildern der Log=
gia ein in der Farbe besonders schönes
„Opfer Abrahams" (Abb. 51) und an den

sonders reif, sorgfältig ausgeführt, kolo=
ristisch glänzend erscheinen und einen inneren
Zusammenhang mit Würzburg und Madrid

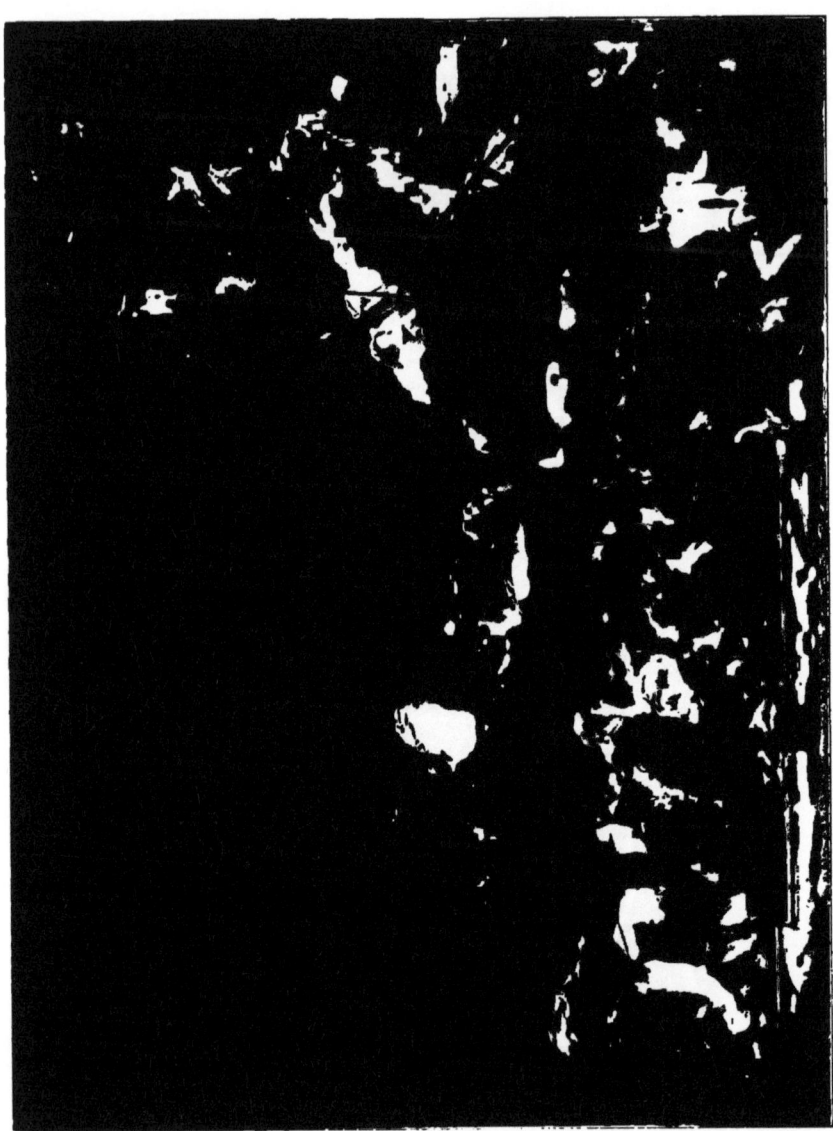

Abb. 43. Die vier Welttelle. Deckenteil aus dem Treppenhaus der Würzburger Residenz.
(Nach einer Originalphotographie von L. Gundermann in Würzburg.)

Wänden dazu alttestamentliche Vorwürfe;
an der Decke des Treppenhauses ist das von
ihm sonst noch wiederholt behandelte Motiv
des „Falles Luzifers" (Abb. 52) nicht minder
packend dargestellt. Darstellungen, die be=

offenbaren, gegen das Bisherige, besonders
in der Villa Valmarana und im Palazzo
Labia, jedoch keine wesentlich neue Seite
zeigen.

Schließlich sei unter diesen Schöpfungen

4*

vor Würzburg noch eine sehr anmutige Deckenmalerei in dem von Longhena erbauten reizenden Palazzo Rezzonico (Abb. 19—22) erwähnt, von denen die eine das schon bekannte Sonnenwagenthema ähnlich der Würzburger Kaisersaaldecke in Verbindung anscheinend auch hier mit der Heranführung einer Braut besonders leicht und graziös behandelt. Das Werk hat dieselben wohllautenden Formen, dieselbe Manier, dieselbe farbige Anmut und, bei allem Geschick in den Untenansichten und dem zeichnerischen Schwung auch dieselben Zeichenfehler, die man sonst bei ihm findet. Nur hat er dies-

Abb. 44. Die vier Weltteile. Deckenteil aus dem Treppenhaus der Würzburger Residenz. (Nach einer Originalphotographie von K. Gundermann in Würzburg.)

mal ausgiebiger von den außerhalb des eigentlichen Bildes schwebenden Wolken Gebrauch gemacht, — auf deren einer der schöne weibliche Genius neben einem die Wappenfahne haltenden Rezzonico und einem Wappenlöwen die Braut erwartet, — und nahebei sehr geschickt eine fliegende Taube gemalt.

Der Virtuose hat es immer leicht, hochzukommen, da er den Widerstand seiner Zeit nicht durch neue und noch unverstandene Ideen herausfordert, hübsch im Geschmack der großen Menge bleibt und ihr gefällig zeigt, wie die Schöpfungen der anerkannten früheren Meister bei ihm aus-

Abb. 45. Die vier Weltteile. Deckentell aus dem Treppenhaus der Würzburger Residenz. (Nach einer Originalphotographie von L. Gundermann in Würzburg.)

sehen. Tiepolo war mit den bisherigen Werken, ohne daß er eigentlich einmal völlig durchschlug wie Veronese, allmählich gewachsen, was ihm die sorglosen Verhältnisse von Hause aus nicht schwer machten. Er war bald nicht nur in Venedig, sondern auch in aller Welt berühmt, denn jede Zeit will ihren Götzen haben, und der in Frage stehende war, wenn schon kein großer Mann, doch ein geniales Zeitkind in jeder Beziehung. Und wie die jungen verjchrechselnden Heißsporne einst Sonette an die Florentiner Werkstatt und die Bildwerke des großen Michelagniolo hefteten, so ist darum Tiepolo auch reichlich von Poeten seiner Zeit angesungen worden. Dieser Weltruf knüpfte zwei Beziehungen Tiepolos zu Deutschland und Spanien an. — Inzwischen war der Künstler natürlich längst verheiratet und ein so fruchtbarer Familienvater geworden, wie er es als Maler war. Er war 1721 mit Cecilia Guardi, der Schwester des berühmten Malers Francesco Guardi, eine Ehe eingegangen, aus der neun Kinder hervorgingen. Das zweite Kind, einen Sohn, ließ er auf den Namen des Großvaters Giovanni Domenico taufen; er scheint aber früh gestorben zu sein, denn der Künstler gab 1727 den gleichen Namen einem jüngeren Sohn, der Maler ward und als Gehilfe des Vaters bei allen Hauptwerken genannt ist. Tiepolo wohnte zuerst mit seiner jungen Frau sowie seiner Mutter und den Geschwistern in einem Hause dicht an der Brücke S. Francesco della Vigna, zog aber später nach S. Silvester, wo 1737 sein jüngster Sohn Lorenz, der als Radierer bekannt ward, geboren ist. — Des Künstlers Verhältnisse wurden, seinem wachsenden Rufe folgend, trotz eines großen Haushalts bald glänzende, denn seine Aufträge brachten ihm viel Geld, so daß er an verschiedenen Stellen, bei Treviso und Padua, Ländereien erwarb und sich schließlich auch noch im Dorf Zianigo bei Mirano eine größere Villa mit einem Gut für den Landaufenthalt während der Herbstmonate dazu kaufte. 1749 hat Domenico in dieser Villa dekorative Malereien ausgeführt, was er 1771, nachdem er selbst nach des Vaters Tode Bewohner des Landhauses geworden war, fortsetzte. Zu seinem stattlichen Besitz erbte Tiepolo 1752 noch von seiner Schwester Eugenia. Von seinen sonstigen Kindern ist nur noch Giuseppe bemerkenswert, welcher 1748 Klostergeistlicher ward und, während die drei Familienmaler in Madrid weilten, den Familienbesitz verwaltete, obgleich seine Mutter in Venedig blieb.

Die Zeit, in der Tiepolo hochkam, war psychologisch sehr interessant, wie jede bewegte Periode, in der zwei feindliche Anschauungen den Kampf um die Macht beginnen, aber sie war sehr arm an wirklich starken Individualitäten, und dies vornehmlich in Venedig, wo Tiepolo wachsen konnte, ohne daß eine gesunde und thatkräftige Kritik seine wilden Schößlinge beschnitt. Der einzige Vertreter der traditionellen Monumentalkunst von Belang neben seinem hochbetagten einstigen Meister Piazetta, überragte er die anderen Maler schon durch sein blendendes Gebiet so weit, daß Keiner seinen Ruhm streitig machen konnte. Man verlor ihm gegenüber als dem beinahe einzigen den Maßstab, um so mehr, als für das sinnlich-heiße Venedig so kühle Akademiker wie Batoni und Mengs als Nebenbuhler gar nicht in Frage kamen. Die ganze übrige Kunstarbeit bewegte sich, soweit überhaupt ernsthafte Namen da waren, auf dem Gebiet der Bedutendarstellung, allenfalls auch des Volkslebens, zu welchen beiden Venedig durch seine örtliche Eigenart die Kunst herausforderte. Hier waren neben Tiepolos Schwager, Francesco Guardi, vor allem der ganz ausgezeichnete Venedigdarsteller Antonio Canale thätig, mit dem Tiepolo in Freundschaft verbunden vielfach gemeinsam in der Art gearbeitet hat, daß jener die Veduten, dieser die Volksscenen auf die gleiche Tafel brachte. Auf dem gleichen Gebiet schuf auch Canales außerhalb Italiens noch berühmterer Schüler und Neffe Bernardo Bellotto, genannt Canaletto, der 1747 aus Venedig nach Dresden zog und dort elf Jahre blieb, um dann ein Wanderleben zu führen. Ihm, dem gleichaltrigen und bei der engen Beziehung zwischen Vater und Oheim wohl freundschaftlich nahestehenden Kollegen, mag der Besuch gegolten haben, den Domenico nach Abschluß der Würzburger Arbeit in Dresden machte, bevor er nach Venedig von dort aus zurückkehrte. Sonst sind noch Pietro Longhi, wie schon erwähnt, Piazetta

Giovanni Battista Tiepolo. 55

unter den zeitgenössischen Malern zu nennen, Künstlerkreise Venedigs an, von denen
von denen der letztere gerade noch so lange der Jüngere Kustos an der Bibliothek
lebte, um Zeuge des glänzenden Ruhms von S. Marco und mit Tiepolo befreundet

seines einstigen Schülers zu werden, und war. Unter den sonstigen künstlerischen
dann die berühmte Pastellmalerin Rosalba Geistern in Venedig zur gleichen Zeit nahm
Carriera, die freilich schon sehr alt war. Goldoni, dessen Bildnis uns Piazetta hinter-
Mehr als Sammler sowie als Ästhetiker lassen hat, die Hauptstelle ein, indem er
gehörten die beiden Grafen Zanetti dem mit seiner bürgerlichen Dramatik im Sinne

Molières die Thorheit der Menschen wie der Zeitsitten geißelte und damit einen Kampf gegen die wüste Roheit der Volkskomödie führte. Ihn unterstützten darin, wenn auch als persönliche Widersacher und Nebenbuhler um die Gunst der Menge, die beiden Grafen Gozzi, von denen der ältere, mehr als Kritiker und Satiriker thätige Gasparo um die Wiedererweckung Dantes sich verdient machte. Auch Algarotti, der Freund Voltaires, welcher mit Friedrich dem Großen in Verbindung stand, war mit seinen Bemühungen, die Naturwissenschaft im Sinne Newtons populär zu machen, durchaus Geist vom Geiste dieser charakteristischen Erscheinungen im Aufklärungsjahrhundert. — Als angesehenster Maler von Venedig und europäische Berühmtheit hat Tiepolo sehr wahrscheinlich auch mit diesen litterarischen Geistern in dem nicht allzu umfangreichen Venedig Verkehr gehalten und sich wenigstens als interessierter Zuschauer an ihrem Bemühen um eine Gesundung der Verhältnisse beteiligt; es wird ja sogar berichtet, daß er selbst mit beißender Satire wiederholt die Schäden in den Zuständen gegeißelt hat. — Dem Aussehen nach gehört diesen Jahren vor 1750 das Bildnis an, welches Alessandro Longhi von Tiepolo (Abb. 1) angefertigt und dann gestochen hat. Die mit Spitzenvorhemd und pelzverbrämtem Rock bekleidete Erscheinung ist vornehm, das Gesicht sehr wohlgebildet, hoch und rund die Stirn mit der über den Ohren gewellten Perücke. Die Brauen wölben sich kühn über tiefliegenden funkelnden Augen, deren Begehrlichkeit mit den stark gewölbten Nasenflügeln und den aufgeworfenen Lippen im Einklang steht, die aber mit der prüfenden Ruhe des Weltmanns blicken. Die Nase ist in ihrer stark gewölbten Form habichtartig, der Mund klein, sehr wohlgeformt; das Kinn ist kräftig, mit einem Einschnitt versehen und sieht stark in einer ferner vorhandenen Silhouette heraus, in der der kleine, runde, auf den Füßen nicht gerade graziös stehende Mann eine nachlässig zusammengefallene Haltung und eine eigentümlich nach vorn schiebende Bewegung hat. Vielleicht stammt daher die bei Tiepolos Zeitgenossen durchgängig übliche Anwendung der Diminutivform seines Namens: Tiepoletto. Er ist nach allem ein fest in sich ruhender, sinnlicher, unternehmungslühner Mensch mit mächtigem Selbstgefühl gewesen, der in der Extase sehr drollig ausgesehen und im Zorn sehr gezetert haben muß. Der Zopf gekünstelter Unnatur aber hing ihm zeitlebens über dem Rücken herunter, — er hängt ja auch an jedem seiner Werke.

* * *

Dieser in der Pracht seiner Malerei seine Zeit weit überragende Künstler, welcher in der geistigen Späre seiner Gebilde so ganz den Potentatenanschauungskreis in Anfang und Mitte des vorigen Jahrhunderts traf und damit trotz seiner republikanischen Heimat der geborene Hofmaler war, schien dem Würzburger Fürstbischof Karl Philipp von Greiffenklau der richtige Mann für den malerischen Schlußstein zur Würzburger Residenz. Dieser prachtvolle Bau, welcher wohl mit Recht als die schönste Architektur des Rokoko gilt, war 1720 von dem baulustigen Grafen Schönborn begonnen und 1744 unter Greiffenklaus Regierung von seinem genialen Baumeister und Artillerieobersten Balthasar Neumann beendet worden. Es galt jetzt, den berühmtesten Freskomaler für den inneren Schmuck zu gewinnen, was wohl Neumann, der auch diese letzte Arbeit an seinem Meisterwerke noch erlebte, ehe er 1753 starb, veranlaßte. So zog denn 1750 Tiepolo mit seiner gesamten Familie nach Würzburg, nachdem ihm 2000 Gulden Reisekosten angewiesen waren, und lebte dort mehrere Jahre im Schloß selbst als Gast des Fürstbischofs, bis seine Arbeit ausgeführt war. Der Prälat nahm ihn mit so hoher Auszeichnung auf, daß sich damit ein gewisser Widerstand der Residenzkreise gegen den in seinem Wesen wohl nicht sehr anziehenden Italiener erklären läßt. Tiepolo sollte die Decke des großartigen Treppenhauses wie des Kaisersaals ausmalen, für den letzteren dazu zwei Wandgemälde, für die Schloßkapelle zwei Altarbilder schaffen.

Das Thema für den Kaisersaal war aus der geschichtlichen Vergangenheit, wie sie einem Mächtigen jener Zeit wichtig schien, gegeben: die Berührung Barbarossas mit Stadt und Bischofsstuhl. Für das Deckenbild des Treppenhauses war die Wahl schwerer, und davon ist es bedingt, daß

Giovanni Battista Tiepolo. 57

hier ein interessantes Kuriosum zustande
gekommen ist. Weder die Staats- noch
die Geistesgeschichte, nicht einmal die für

die ersteren, man war auch viel zu sehr
vom Atheismus selbst auf Prälatenstühlen
berührt, um diesseits der Alpen Geschmack

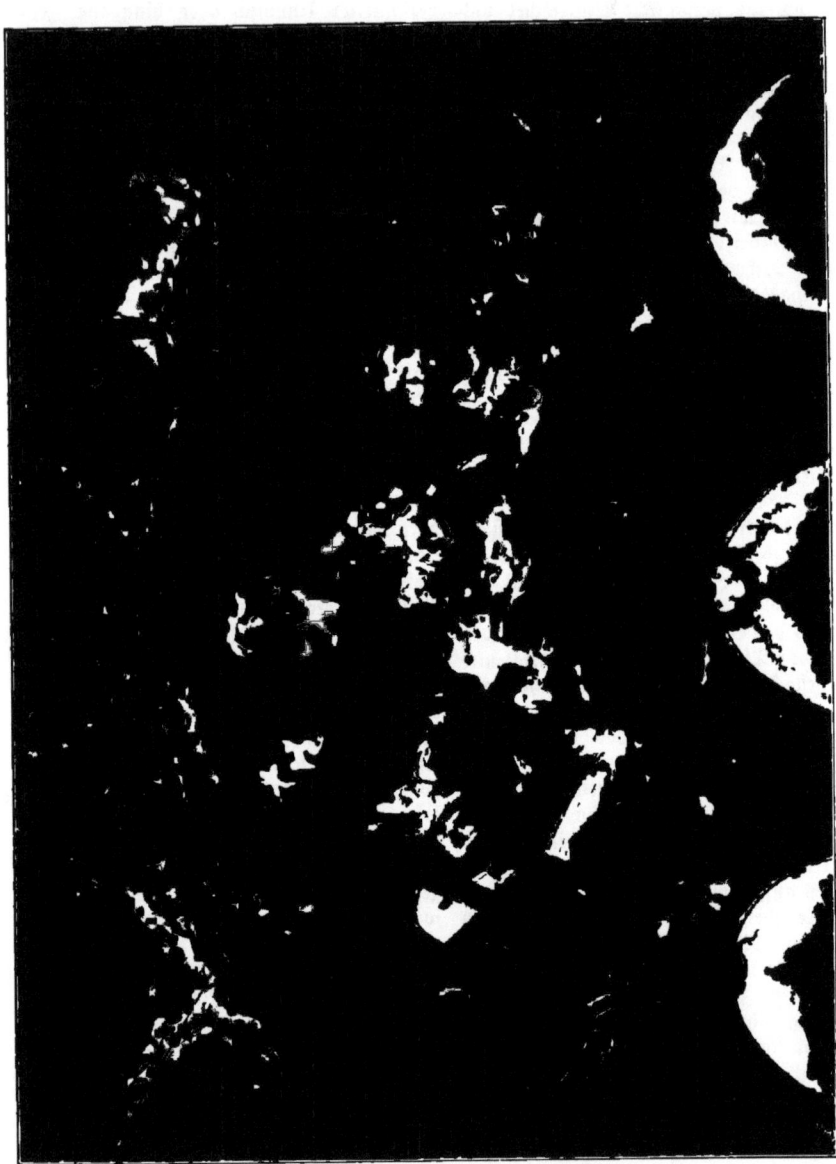

Abb. 47. Allegorie auf die Vermählung Barbarossas. Deckenbild im Kaisersaal der Würzburger Residenz.
(Nach einer Originalphotographie von L. Gundermann in Würzburg.)

ein fürstbischöfliches Schloß so natürliche
Glaubensgeschichte ward als Vorwurf taug-
lich befunden. Man war zu ernüchtert für

an solchen Dingen zu finden, die schon von
Berufs wegen Scherercien genug mit sich
brachten. Wenn man spitzfindige Sophistik

über den lieben Gott, die Welt, die Moral, die Humanität überhaupt als etwas Positives gelten lassen will, so lag hier damals die einzige Positivität; denn die köstlichen Früchte, welche das vorige Jahrhundert dem unserigen in den Schoß schütteln sollte, waren um 1750 nur erst stille Keime und verborgene Blüten, die noch keinen marktgängigen Namen hatten, und ihr erstes Auftreten ward dazu in Frankreich, Deutschland, Italien von den Posaunenstößen einer unbarmherzigen Kritik am Bestehenden eingeleitet, für die Voltaire den Ton angab. Das künstlerische Bedürfnis der Zeit hatte sein bescheidenes Genügen an sentimentaler Ruinenromantik, aber auch an der damit verwandten exotischen Reiseromantik, die in dieser Epoche der hochgebordeten Gallionen blühte und wenigstens in Hinsicht auf das darin liegende Interesse für die kulturlose Natur ein jugendlich-anmutiger Zug ist. Eine Darstellung nach dieser letzteren Seite hin empfand man in der Würzburger Residenz sogleich als eine sensationelle, alles Bisherige in Deutschland übertrumpfende und so sein an die bewunderten Stilvorbilder von Versailles anklingende Neuheit. Nicht aber der damals bereits seit Defoes unsterblichem „Robinson Crusoe" im Schwunge befindliche, wenn auch erst einige Jahrzehnte später eigentlich litterarisch gewordene tugendhafte Christentumsindianer, der gemeinsam mit seinem Missionspater die Keuschheit der heimatlichen Urwälder in schwärmerischen Tiraden pries, genügte dafür; in großer Schilderung vielmehr sollten alle vier Weltteile außer Europa (Abb. 43—46) ihre charakteristischen Vertreter entsenden und rings um den Deckenrand marschieren lassen. Und damit der Himmel in der Deckenmitte nicht leer bliebe, wurde er der römischen Mythologie vorbehalten, die damals künstlerische Scheidemünze war. Daß Tiepolo die Unheiligkeit dieses Vorwurfes durch einige Zoten, bei denen die Bedenklichkeit überhaupt nicht mehr in Frage kommt, noch unheiliger machte, was er auch an der Kaisersaaldecke that, war schwerlich vertragsmäßig; aber man war damals in solchen Dingen nicht gerade prüde, und er wollte gewiß für das fürstliche Honorar noch etwas Besonderes obendrein geben.

Für einen Künstler, der wie Tiepolo geborener Maler, Dekorateur, geschickter Zeichner, ausdauernder Arbeiter, voll Selbstvertrauen, schwungvoll bis zur Ausgelassenheit und kein schwerflüssiger Gehirnmensch war, muß das eine wunderbare Aufgabe gewesen sein. Er hat denn auch mit der exotischen Seltsamkeit der Episoden, deren Behandlung er seinem Vorbild Veronese gut absah, mit der Pracht des leichten, silbrigen, flüchtig-schwungvollen und doch so kräftigen Kolorits, mit der sorgfältigen Abwägung von Modellierung und Impression in der Ausführung des Einzelnen, am meisten jedoch mit dem flüchtig scheinenden, alle Reize des Zufälligen tragenden Aufbau wiederum ein Meisterwerk von hoher Würde zustande gebracht, das in seiner heiteren ethnographischen Romantik fast naiv erscheint. Es ist darin das einzige bekannte Tiepolowerk. Was thut's dabei, daß ihm aus Mangel an Volkskunde Jahrmarkts- und Karnevalsputz hier und da mit unterläuft: in diesen schönen Indierinnen auf geschmückten Elefanten, in diesen Mettapilgern, in diesen Mohrinnen auf Kamelen und ihnen huldigenden Mohrenjünglingen, in diesen Arabern, Türken, Persern, Indianergruppen, Goldsuchern mit dem tierischen wie vegetabilischen Zubehör zieht doch ein reizvolles Bild der fernsten Erdteile an unserem Auge vorüber und zeigt uns die Spuren eines Natursinns, der für das Nächstliegende, für die Heimat abgestumpft und regungslos war. Es ist ein sonderbarer Zufall, daß gerade in den Jahren des Entstehens dieses bedeutsamen Werks Rousseau seine ersten Schriften mit dem schwärmerischen Ruf: „Zurück in die Natur!" seinen Zeitgenossen ins Gesicht warf, so daß der Puder aus den verdumpften Perücken aufstieg. — Bei der gestaltenreichen Darstellung der Olympischen in der Deckenmitte, in der sich mehrfach schon früher von Tiepolo verwendete Vorwürfe und Typen wiederfinden, ist eine Apollogruppe, eine solche Merkurs, eine des thronenden Jupiters, eine solche des „libellengeflügelten" Pegasus mit einer reichen Fülle wirbelnder, taumelnder, erstaunlich leicht und graziös fliegender Gestalten aus dem betreffenden Kreise hervorzuheben. An der Nordwand sammeln sich alle Züge des reichen Aufbaus zu einer „Apotheose der Franconia" zusammen. Oberhalb einer von symbolischen Gruppen, welche auf die hierarchische, kriegerische, künstlerische Bedeutung Frankens hinweisen, erfüllten Veranda wird lässig neben seinem Hund über ein Kanonenrohr hingelagert ein Offizier, ein Bildnis des genialen Schloßbaumeisters und

Abb. 48. Vermählung Barbarossas mit Beatrix von Burgund.
Wandbild im Kaisersaal der Würzburger Residenz.
(Nach einer Originalphotographie von K. Gundermann in Würzburg.)

an dieser Nordwand von Putten, posaunenden Engeln, Genien ein Medaillonbildnis des Fürstbischofs Greiffenklau gehalten, über dem weiterhin Merkur als Ruhmverkündiger hinfliegt. Am Deckenrand dieses Teils sitzt Obersten Balthasar Neumann, zu dessen Architektur Tiepolo seine Darstellung in schönen Zusammenklang zu setzen verstand, und nahebei hat der Maler sich selbst als stehende Figur angebracht. — Es ist hier vielleicht interessant, ein Urteil über dieses Deckengemälde aus der Feder eines unserer bedeutendsten Künstler der letzten Vergangenheit zu hören. Anselm Feuerbach hat in der zweiten seiner künstlerischen Aphorismen, im „Vermächtnis", seinen Standpunkt folgendermaßen bezeichnet:

„Man findet mit einiger Überraschung im Treppenhause des Würzburger Schlosses die Originalien zu vielen bekannten und bewunderten Motiven aus unseren Tagen, selbst bis herab auf den Sonnenschirm, nur aber mit Hinweglassung von Tiepolos farbenseligem leichten Pinsel.

„Hummersalatartige Farben sind kein Kolorit", würde Correggio sagen, und Raphael würde fragen: ‚Wo ist die Psyche?' Kein Billroth wäre imstande, die lebensgefährlichen Knochenbrüche zu heilen.

Im gründlichen Studium der Natur allein ist ewiger Fortschritt."

Scharf und herbe bricht dieses prächtig stilisierte Urteil den Stab über Tiepolos ganze Kunst. Wir erkennen das Glaubensbekenntnis eines großen Künstlers, der an seinen hohen Idealen zum Märtyrer ward, darin und müssen die Blickschärfe bewundern, welche sicher das Grundgesetz für den organischen Aufwärtsstieg der Kunstentwicklung ergründete und eine so feine Form des Ausdrucks dafür fand. Aber es ist eben doch nicht mehr als ein einseitiges Glaubensbekenntnis des in hohem Grade selbstschöpferischen Künstlers, welcher naturgemäß das Gesetz seiner Schaffensrichtung für das Ausschlaggebende hält. Daneben hat der Laie das Recht eines rechenschaftslosen Augenblicksgenusses an einem Kunstwerk; daneben hat die moderne Kunstwissenschaft das Recht und die Pflicht, außer dem Aufstieg der Kunst in ihren Vollpersönlichkeiten auch diejenigen Erscheinungen zu betrachten und zugänglich zu machen, welche ein absteigendes Werden, ein Verlieren des Grundtons offenbaren, weil sie nicht allein die wirksamsten Warnungstafeln vor verdeckten Irrwegen sind, sondern auch als menschliche Dokumente von einem überdurchschnittsmaß ein eingehendes naturgeschichtliches Interesse haben. Wer Tiepolo den Stempel einer allgemein vorbildlichen Kunsterscheinung aufdrücken wollte, bewiese damit eine sehr begrenzte Urteilskraft; nichts aber verbietet, ihn als psychologisch ebenso interessanten wie lehrreichen Ausdruck einer mächtigen Epoche zu betrachten, die mit ihm sterben geht; nichts hindert auch, sich dort, wo sie schön in ihren Grenzen ist, sich dem Zauber seiner Kunst hinzugeben.

Außer diesem weitbekannten und vielbewunderten Würzburger Treppenhause hat Tiepolo noch den Kaisersaal in der Residenz ausgemalt, und zwar mit dem Barbarossathema. Der große Stanfenkaiser ist in jungen Tagen wiederholt in Würzburg gewesen, wo er Anno 1156 seine Braut, die schöne Beatrix von Burgund, feierlich empfing, in der Woche nach Pfingsten durch den Bischof Herold mit ihr getraut ward und auf einer späteren Durchreise dem Bischof die weltliche Herrschaft über das Herzogtum Franken bestätigte. Ein natürlicher innerer Zusammenhang ist zwischen den zwei ersten und dem dritten Vorwurf nicht vorhanden; das hat aber Tiepolo seiner Art nach auch wohl nicht viel Kopfzerbrechen verursacht, und so darf man denn nach dieser Seite hin keinen starken Maßstab anlegen. An die Decke malte der Künstler die Zuführung der Braut, an die beiden Seitenwände Trauung und Staatsvorgang, — aber wie er es gemalt hat, entschädigt für jeden anderen Mangel. Die Deckendarstellung (Abb. 47) beruht abermals auf dem Sonnenwagen-Thema, dessen gebäumte Schimmel eilenden Laufs die vom Apollo beschützte, von Genien und Putten geleitete Fürstentochter heranführen. Diese Apotheose fürstlichen Gebläts schon bei Lebzeiten in der Kunstausfassung ist eine durchgängige Eigentümlichkeit des Barocco, das — seinem ganzen Charakter nach höfisch — hierin die Vorstellungen der römischen Kaiserzeit auf die eigene, in den dynastischen Anschauungen mit der Antike verwandte Gegenwart übertrug. Dementsprechend erwartet der jugendliche Bräutigam den Wagen an der gegenüberliegenden Schmalseite des Deckenbildes mit seinen Paladinen und Bannerträgern auf einer olympischen Thronarchitektur, während ein Genius auf die Erkorene weisend über ihm schwebt, als drollige Beigabe ein die Luft mit Riesenschritten seiner kleinen Beinchen durchquerender Putto aber noch in aller Eile ihm das vergessene Reichsschwert zuträgt.

Abb. 49. Das Urteil Salomos. Deckenmalerei in Udine.

Giovanni Battista Tiepolo. 63

An diese glückliche Deckenkomposition schließen sich alsdann die beiden geschichtlichen Vorwürfe in der Art an, daß sie bildung mit ihrer sorgfältigen Modellierung, der heiteren Pracht lebendiger Farben und den bei Tiepolo auch sonst unvermeidlichen

Abb. 50. Bestätigung der fränkischen Herzogswürde an den Fürstbischof von Würzburg. Wandbild im Kaisersaal der Würzburger Residenz.
(Nach einer Originalphotographie von K. Gundermann in Würzburg.)

durch einen äußerst geschickt gemalten hochgenommenen Vorhang sich gleichsam als je ein auf der Theaterbühne eben gestelltes lebendes Bild markieren. Die ganze Durchpanoramakunststücken ist darauf gerichtet, diese Illusion von einer sich in Wirklichkeit abspielenden Handlung zu erzeugen, soweit dies mit solchen Mitteln möglich ist.

Da geht auf dem einen Bild im Dominnern soeben die Trauung durch (Abb. 48) den greisen Bischof Herold vor sich, dem der Künstler die Züge Greiffenklaus geliehen hat. Vor dem Hauptaltar des alten Würzburger Doms kniet der noch sehr jugendliche König, dem kaum ein Bärtchen erst die Lippen ziert, neben der blonden und schlanken Braut. Edelknaben halten ihre Schleppe, ein anderer trägt die Krone, Hofdamen schließen sich knieend an, und

Tiepolo meist und fast immer mit glücklichem Geschick verwendete Zweiteilung des Aufbaus vorhanden, dessen Teile durch einen den Durchblick abschließenden hervorgehobenen Punkt leicht verbunden sind.

Nicht ganz so gelungen ist der Aufbau des zweiten Vorwurfs, wo der in Hermelin und mit Lorbeerkranz thronende junge Kaiser, dessen Bildnis übrigens für beide Darstellungen dem Siegel auf der Bulle über diesen Machtsakt laut Leitschuh entnommen

Abb. 51. Das Opfer Abrahams. Deckenmalerei in Udine.

dahinter baut sich eine Gruppe prächtiger Gestalten von Fürsten, Kavalieren, Prälaten, Bannerträgern auf, denen sich zur Seite des Altartisches noch einige andere Teilnehmer anfügen. Auf den Treppenstufen am Bildrand ist ein Gewappneter knieend so hingelegt, daß er nur das Kleid der Braut um Weniges überschneidet. Durch einen Bogen hindurch erblickt man dazu auf einer Empore im Hintergrund einen die heilige Handlung begleitenden Sängerchor, dessen Mittelpunkt eine wunderschöne Jungfrau bildet. Auch hier ist die von

ist, die Anordnung nicht genug beherrscht, um die beiden Gruppen zusammenzubringen. Der Gegenstand (Abb. 50) behandelt einen auf Barbarossas Rückkehr vom vierten italienischen Zuge in Würzburg vorgenommenen Staatsakt, kraft dessen dem hier vor dem Kaiser wieder als Konterfei Greiffenklaus knieenden Bischof Herold von Hochheim das mit dem Bischofsstuhl verbundene weltliche Herzogtum Franken ausdrücklich bestätigt ward. Thatsächlich war schon vorher der jeweilige Prälat des Bistums auch fränkischer Herzog, aber diese Doppelwürde war bisher nicht

Abb. 52. Der Sturz der Engel. Deckenmalerei in Udine.

in hinreichender Form beglaubigt. Welche Fülle der prächtigsten Charaktergestalten, — vom Notar, der in die Urkunde schaut, bis zu den hohen Geistlichen, dem bischöflichen Schwertträger, den Edelknaben mit den Kronen und dem knieenden Landsknecht zur Linken, und bis zu den anderen um die ehrfurchtgebietende greise Gestalt, wohl des kaiserlichen Kanzlers, gescharten Teilnehmern —, erfüllt dies packende Bild! Wir lernen Tiepolo hier und auf der Gegenwand trotz des nahen Treppenhauses und trotz des älteren Palazzo Labia von einer ganz neuen Seite kennen, die in gerader Linie rückwärts auf Veroneses gegenständliche Darstellungen zurückgeht, — vorwärts aber bis in die Gegenwart hinein über Kaulbach, Piloty und Makart hinweg, gegen deren ihm verhaßte Gruppe sich ja der grollende Ton von Feuerbachs oben citiertem Urteil richtet, Schule gemacht hat. Welche Kraft der Individualisierung und welche Frische der Sinnesaufnahme hat dieser glatte und scheinbar erschöpfte venezianische Salonmensch, dieser routinierte Taschenspieler mit dem gesamten Renaissance-Erbe hier auf diesen lieblichen fränkischen Auen offenbart und entfaltet! Derselbe Tiepolo, der auf dem einen Altarbild für die Schloßkapelle mit einer flauen „Verklärung Mariä" lediglich alte Eindrücke von Tizian und Veronese aufgewärmt hat! Wenngleich alle diese Figuren im venezianischen Staatskleid erscheinen, werden sie vermöge ihrer packenden Charakteristik nirgends fremdartig damit, — und selbst auf den täuschend gemalten Hund am Bildrand ist diese Künstlerfrische übergegangen, denn es ist fast der einzige Köter bei Tiepolo, der wirklich Fleisch und Knochen frißt, — notabene, wenn er nicht gerade bei Staatsvorgängen als Lückenbüßer dienen und nebenbei die Unterthanentreue symbolisieren muß.

Nachdem Tiepolo noch als zweites Altarbild für die Schloßkapelle einen „Sturz der Engel" gemalt, kehrte er 1753 mit seiner Familie bis auf Domenico, der über Dresden reiste, heim. Er hatte sich nicht nur die volle Gunst des Fürstbischofs erworben, sondern auch ein glänzendes Honorar, — denn er erhielt für das Treppenhaus 12000 Gulden, für die beiden Altartafeln 3000 Gulden, für die Decke, die beiden Wandbilder sowie die ansprechenden Gruppen von Musikern und Kriegern unter den Fenstern des Kaisersaales 6000 Gulden, während seinem Sohne Domenico für geringere dekorative Arbeiten noch eine besondere Entlohnung ward. Auch sonst scheinen die beiden Söhne Tiepolos, Domenico und der jetzt herangewachsene Lorenzo, von dem Ansehen, das die väterlichen Werke machten, Nutzen gezogen zu haben, denn Leitschuh vermutet sie als Urheber einer Anzahl von venezianischen Veduten in Würzburger Häusern.

Hatten die in Venedig hinterlassenen Werke Tiepolos während seiner Abwesenheit nachdrücklicher gewirkt — hatte man sein Fehlen als Lücke im Kunstleben empfunden oder war nach einer der alleraltesten Erfahrungen der Prophet im eigenen Vaterlande als solcher überhaupt erst in die richtige Beleuchtung gerückt, seit ein deutscher Kirchenfürst ihm einen glänzenden Auftrag und ein unerhörtes Honorar dafür gegeben? Das ist nicht zu entscheiden; jedenfalls war der Künstler nach seiner Heimkehr im Werte sehr gestiegen. Fürstengunst stand ohnehin bei der aristokratischen Signorie in hoher Schätzung seit den Glanztagen der Republik, und ein sonst und wegen seiner Kunst kaum übermäßig verehrter Emporkömmling aus dem verachteten Friaul wie Tizian konnte der sehr empfindlichen Signorie das Unglaublichste bieten, weil seine Beziehungen und Freundschaften mit Kaiser Karl V., König Philipp, den italienischen Herzögen, Markgrafen und Fürsten ihm einen flimmernden Hintergrund gaben. Nachdem ein fürstlicher Ausländer den angesehensten Maler des Staates in ungewöhnlicher Weise ausgezeichnet, mußte dieser geehrt und gleichzeitig für die Hebung der Kunst etwas gethan werden. Tiepolo wurde deshalb 1754 zum Direktor der venezianischen Kunstakademie an Stelle seines eben verstorbenen Lehrers Piazzetta berufen und 1755 mittels offiziellen Dekrets als erster Leiter derselben bestätigt. Unter den gegebenen Verhältnissen und mit dieser vorhandenen Person, die wohl die Überlieferung auffrischen und geschickte Darsteller in ihrer Richtung erziehen, aber keinen neuen Anstoß geben konnte, war dies Mühen aussichtslos, und Tiepolo hat denn auch nur drei Jahre lang die Leitung geführt. Was durch Tiepolo auszuführen indes der

Abb. 53. Triumph des Glaubens. Deckenbild aus der Chiesa della Pietà. Venedig.

Gedanke einer kurzsichtigen venezianischen Kunstkommission war, nämlich die Regeneration der Kunst, — das sollte gerade in diesen Jahren durch ein einfaches Buch geschehen, welches ein Deutscher in Rom schrieb. Wunderliches Zusammentreffen, wie solcher sich viele in der Geschichte finden, wenn man sich die Mühe des Suchens gibt! Im Jahr der Berufung Tiepolos zur Reorganisation der venezianischen Kunstverhältnisse, also 1755, veröffentlichte Windelmann unter sofort einschlagendem Erfolge seine „Gedanken über die Nachahmung der griechischen Bildhauerkunst,“ welche eine neue Epoche binnen kurzem einleiten und wie Spreu verwehen sollten, wovon Tiepolo das Schlußkapitel war. —

Inzwischen malte der Künstler ahnungslos an einem neuen Deckenwerk in der Chiesa S. Maria della Pietà an der Riva, welches den „Triumph des Glaubens“ (Abb. 53) behandelte und zwischen 1754 und 1760 entstanden sein muß. Eine wilde, ausgelassene und überschwengliche Komposition, in der genialischen Freiheit des Stils ausgeführt, welcher für Würzburg charakteristisch ist; dabei aber in allem barocken Wust und Schwulst so viele offene und versteckte Schönheiten persönlicher Art, daß man vielen früheren Decken unter der Voraussetzung gleicher Genieblitze gern einen größeren Überschwang zugestehen würde. Würzburg war für den Italiener ein Jungbrunnen geworden. Alle Freuden des Paradieses sind hier in den typischen Gestalten und Symbolen der moralischen wie der ästhetischen Wonnen vereinigt, dem Gläubigen den Zukunftslohn zu zeigen. In einem unendlichen Gewimmel von verzückten Engeln, Putten, Heiligen steht auf Wolkenhöhen in der Bildmitte der greise Gottvater mit einem in die Höhe gehaltenen Kranz, und neben ihm schwebt in einer Glorie die den heiligen Geist darstellende Taube. Ein wenig tiefer sitzt mit seinem Holzkreuz Christus und wieder tiefer in zackiger Verbindungslinie schwebt über dem sichtbaren Erdkugelteil die von Engeln getragene Mutter Maria. Ganz in der Tiefe begleitet diesen Verzückungstaumel, welcher alle Gestalten erfaßt hat und einzelne oben und unten zu den tollsten Saltomortales begeistert, ein singender Engelchor, welcher auf vorgebuchteter Galerie rings um den Bildrand von einem reichen Orchester mit Blas- und Streichinstrumenten begleitet und von einem zweiten Chor dortselbst respondiert wird. Es liegt eine mänadische Brünstigkeit in diesen tanz-, purzelbaum- und verzückungsseligen Figuren, unter denen sich viele wunderschöne Sachen finden lassen, — aber nach der reinen Schönheit einer gewaltigen Erhebung darf man nicht forschen, — es herrscht eben schrankenlos die pathologische Gefühlsekstase der Verfallepoche. Wie anders hätte ein naturechter Quattrocentist, wie Fiesole, oder gar ein Deutscher, wie unser herzinniger Meister Albrecht, ein ein solches Thema aufgefaßt! Ohne eine herrliche Wiese mit weichem Teppich und bunten Blumen wär es dann undenkbar gewesen. Nichts davon beim Italiener des XVIII. Jahrhunderts, für den entkleidete Oberkörper und nackte Beine die einzige genießbare und interessante Natur sind, und der seine Studien zur Ehre der Kirche im Bankettsaal oder im Ballett macht.

Werden schließlich aus der Reihe der venezianischen Monumentalarbeiten noch die „Glorie des heiligen Dominicus“ in S. Giovanni e Paolo und derselbe Vorwurf in S. Maria del Rosario als Neubehandlungen des schon bei den Arbeiten für die Jesuitenkirche genannten Themas angeführt, so ist damit das Erwähnenswerte bis auf die letzte Periode von Madrid erschöpft. —

* * *

Aber es verbleibt daneben nunmehr noch ein ganzes, bisher nur gestreiftes Gebiet übrig außer den Radierungen, — nämlich seine wohl fast durchweg als Gelegenheitsarbeiten entstandenen Staffeleibilder. Sie geben uns nicht allein eine neue Seite in dieser Kunst, sondern auch einen fesselnden Einblick in dies Künstlerleben, auf dessen allerpersönlichste Genieoffenbarungen wir hier mit einigem Erstaunen lauschen müssen. In diesen arglos geschaffenen, mehr aus dem Zufall als aus ernsthafter Absicht geborenen Schöpfungen fällt der Perückenstil der Monumentalkunst, die Schul-Erinnerungen, das Veronesische Vorbild, das vertragsmäßige Thema, die durch die Freskoschwierigkeit erzwungene Haltung ab; in der ungleich ausdrucksfähigeren und intimeren Öltechnik zeigt sich Tiepolo im Hausrock und unfrisiert, wie er dachte und

Abb. 54. Anbetung der Weisen. Gemälde. München.
(Nach einer Originalphotographie von Franz Hanfstängl in München.)

empfand, bevor die Reflexion alles Stark-Persönliche gleichsam abgehobelt, — wie irgend ein Eindruck von draußen den Künstler in ihm anstachelte, sich Rechenschaft über die Art dieser Sinnesaufnahme zu geben.

Und hier Tiepolo im kleinen Rahmen zu betrachten, heißt einen Menschen kennen lernen, der heute noch irgendwo in der Verborgenheit leben könnte, denn es ist ein Mensch mit ganz modernen Empfindungen der Welt gegenüber. Wenn die früher mißachteten und als Museumströdel betrachteten Öltiepolos heute auf den Kunstmärkten die längst jetzt üblichen kleinen Rentnervermögen kosten, so ist das kein Zufall, keine Mode für eine Jahreszeit, sondern eine ganz natürliche, aus unserer Zeit heraus erklärliche Erscheinung. Denn betrachten wir die Staffeleibilder dieses venezianischen Verfallmenschen vom XVIII. Jahrhundert, dieses Tiepolo der Kleopatrabilder vom Palazzo Labia, dann finden wir ganz merkwürdige Parallelen mit Verfallströmungen in der zeitgenössischen Kunst. Auch er ist ja erschöpft und nur mühsam entringen sich seinem blutarmen Gehirn gedankliche Vorstellungen, — auch ihm fehlen die großen Gesichtspunkte der Menschheitsentwickelung mangels kraftvoller innerer Ruhe, — dafür hat aber auch er die fabelhaft geschärften und verfeinerten Aufnahmesinne für die Erscheinungswelt, für die farbigen und linearen Raffinements, — denselben nervösen Fanatismus für den sensationellen Tonwert, der pathologisch und in aufsteigender Kunst nicht zu finden ist.

Welch ein reiches Orchester von schmeichlerisch-gedämpftem Wohlklang aus tausend unendlich feinen, gemischten, heiteren, trüben, reinen, unreinen, kühlen, heißen Farbenstimmen liegt über jenen Tafeln, die Tiepolo uns in der intimsten Eigentümlichkeit seines Wesens zeigen! Blut, Leidenschaft, ekstatische Begeisterung findet man manchmal in seinen Monumentalwerken, — in seinen Tafelwerken fast nie. Da ist nur raunende Nervosität. Er hat hier vielfach die gleiche Helligkeit des Lichts, die auch in seinen Fresken zu jener Zeit eine kühne Neuerung war, — oft eine warme Dämmerung, die er in Hinsicht auf den Ton noch besser beherrscht. Reine Farben, überhaupt starke Werte zu verwenden, hat er

nicht Herzkraft genug — wie aus dem gleichen Grunde seine leichte, graziöse, aber nicht immer zuverlässige und manchmal recht grobe Zeichnung lediglich geistreich, interessant, überraschend, nie von markiger Bestimmtheit ist. Er mischt seine nicht zahlreichen Farben so lange ineinander, bis die Eigenart des Tons fast heraus und eine schmutzig-dämmerige Unbestimmtheit hineingekommen ist, und setzt sie dann mit einem durchtriebenen feinen Auge so aneinander, daß sie anmutige Zusammenklänge von äußerst geringen Unterschieden ergeben. Wie Tizian setzt er hier jede einheitliche Fläche aus zahlreichen Tönen zusammen und überläßt es dem Auge, sie zusammenzusetzen, was mehr wie bei jedem anderen alten Künstler die richtige Entfernung vom Bild beim Betrachten erfordert. Er ist hier vor allem Maler und nichts als Maler, dem Idee und Aufbau oft sehr nebensächlich sind und unter Umständen nahezu eine Karikatur unter den Händen entsteht, wenn das Nachdenken über sein Thema seiner inneren Unrast nicht die erwünschte schnelle Lösung bringt. In seinen Frühwerken, in denen auch das malerische System noch nicht nach der koloristischen Seite hin ganz ausgebildet ist, formt er seine Figuren rund und sucht nach Charakter und natürlichem Ausdruck, — späterhin sieht er sogar die Staffage des nächsten Vordergrundes oft verschleiert, will er durch Pose, Überschneidung, Ton überraschen und damit wirken, — kokettiert er auch zuweilen mit liederlicher Routine und offener oder verhüllter Obscönität.

Zwischen dem Palazzo Labia und Würzburg ist er Verfall bis dicht an das hippokratische Gesicht heran; er scheint keinen Tropfen Blut mehr in den Adern zu haben, sich nur durch starke Narkotika, wie Kaffee und Tabak, aufrecht zu erhalten und infolgedessen an Schlaflosigkeit zu leiden, — denn seine Kunst ist von übernächtiger Entnervtheit und welk durch und durch.

Es ist merkwürdig, wie sehr seine religiösen Vorwürfe verlieren, wenn er die Tafeldarstellung wählt. Hier, wo blendende Vorgänge, frappierende Bewegungen, ein reicher Aufwand an drolligen Putten, der Posaunentusch barocker Massenentfaltung fortfallen, tritt die Unheiligkeit, der Mangel an naiver Gläubigkeit Tiepolos ganz besonders zu Tage, obgleich ihm die lieblichsten Frauengestalten gerade hier gelungen sind. Er erwägt die malerische Wirkung fast stets sehr genau und weiß auch hier seine Aufbauteile stets glücklich und inter= seine Einzelgestalten wachsen so, wie sie sind, nicht aus Notwendigkeit, sondern nur aus Berechnung, weshalb man vor seinen Bildern stets versucht ist, nach einer rich=

Abb. 53. Die unbefleckte Empfängnis. Gemälde. Vicenza.

essant gegeneinander zu stellen, gleich als rechne er hier die Gruppierung mittels einer algebraischen Gleichung sicher aus; aber er täuscht hiermit nur über das Fehlen einer künstlerischen Logik hinweg; selbst tigeren Anordnung zu suchen. Dazu kommt die brünstige Übertriebenheit der Geste, wie sie das Barocco ausgebildet hat, — die, — bei einer schwebenden Gestalt natürlicher, — im geschlossenen Raum leicht zur Renommier=

pose und zum affektierten Pathos wird. Seine Männer streifen vielfach nur gerade die Karikatur. Dafür aber sind seine definierbaren physiologischen Fraulichkeit, deren Problem zu ergründen Litteratur und Malerei der unmittelbarsten Gegenwart sich

Abb. 56. Heilige Familie und heiliger Gaëtano. Gemälde. Venedig, Akademie.

Frauengestalten durchweg um so reizvoller, und gleich seiner geheimnisvoll wirkenden Malerei mit ihren Finessen, Rätseln, Dämmerungen sind sie das Anziehendste in diesen Tafelwerken und von jener beinahe unviel Mühe geben. Er stellt das Frauenideal der Niedergangszeit dar. Die freie, königliche, machtvolle Schönheit, — die frohe Grazie der eigentlichen Renaissance liebt er nicht, — seine heiligen Frauen sind unter

Abb. 57. Die unbefleckte Empfängnis. Gemälde. Madrid, Prado.
(Nach einer Originalphotographie von J. Laurent & Cie. in Madrid.)

den Suggestionen klösterlicher Erziehung und klösterlichen Lebens geistig wie physisch unterdrückt, eingeschnürt, — ihr seelisches Dasein ist stark, aber nur innerhalb eines einzigen Vorstellungskreises entwickelt. Sie sind so persönlich, daß sie oft wie Bildnisse wirken; ihre Anmut hat einen leidensseligen Schwärmerzug, der in seiner bleichsüchtigen Ekstase ebenso lieblich als ergreifend ist, aber das Weib mitunter über der Heiligen vergessen macht, — es ist, um dies noch einmal zu betonen, das Frauenideal einer erschöpften Zeit, die eine überreizte Begier nach dem Krankhaften hat. Diesen Zug aber hat Tiepolo meisterhaft getroffen, wie er überhaupt in diesem Gebiet in Hinsicht der bloßen Künstlerschaft imponiert und die stärksten Instinkte für den malerischen Ausdruck offenbart.

Wirkte auf der „Heiligen Familie und S. Gaëtano" (Akademie, Venedig) (Abb. 56) der Heilige selbst mit der Brünstigkeit eines alten Junggesellen nicht etwas komisch, so würde die anmutsvolle Gruppe der Familie von uneingeschränkt glücklicher Wirkung sein und in dem schwungvollen Stil ihrer Behandlung einen feinen Kontrast zu der kleinmeisterlichen Behandlung des Raums bilden.

Von zwei Darstellungen einer „Unbefleckten Empfängnis" ist die frühere (Vicenza) eine glatte Seidenstoffmalerei (Abb. 55), während die spätere (Madrid) (Abb. 57) in der Bewegung, dem malerischen Faltenwurf des gebauschten Gewandes und dem milden Liebreiz des Antlitzes wohl die ansprechendste Frauengestalt ist, welche Tiepolo geschaffen hat, — was im Eindruck noch erheblich durch die freie malerische Behandlung der Spätzeit gesteigert wird. Der charakteristische Frauentypus von Tiepolo findet sich besonders in dem Altarbild der Jesuitenkirche: „Maria in der Glorie mit der heiligen Rosa und zwei Dominikanerinnen", — einem sehr liebenswürdigen Bild (Abb. 58), bei dem der Tradition zuwider der Bimbo von einer dieser schwärmerischen Schwestern getragen wird, während die wenig über das benutzte Modell hinaus gehende Madonna auf einem pappenen Felsen dahinter sitzt und ihr zu Füßen die in visionärer Traumseligkeit zusammengesunkene heilige Rosa mit der Kette ihres Halskreuzes spielt. Hier tritt uns die Krankenlagerlieblichkeit einer jungfräulichen Dulderin mit ihrer ganzen Atmosphäre entgegen, wie sie in der früheren Malerei bei Guido Reni, Carlo Dolce u. a. schon vorgebildet ist, bei Tiepolo aber erst in der folgestrengsten Entwickelung erscheint. Die Madonna selbst, welche ihre Hand auf den Kopf des über ihren Felsensitz hinweg sich beugenden Josephs gelegt hat, ist dagegen ein gesundes junges Weib aus dem Volk, womit der Künstler die krankhafte Entrücktheit der drei Heiligen daneben besonders hervorkehren wollte. Er hat auch nicht vergessen, mit einer gegen den Fels gelehnten Glockenschnur ohne Schwergewicht einen faden Scherz anzubringen, wie er das liebte. — Dem Modell noch mit einer der Dominikanerinnen verwandt ist ferner der seelenvolle Kopf einer heiligen Katharina von Siena (Wien) (Abb. 2). —

Einer der zu gleicher Zeit anziehendsten und abstoßendsten Öltiepolos ist das Votivbild für die Chiesa S. Alvise zu Venedig, die „Kreuztragung" von 1749 (Abb. 59 u. 61). Die wüste und überladene Komposition mit der posierenden Anhäufung alles dessen, was die Legende mit dem Vorgang verknüpft hat, und mit Fahnen, Adlern, Standarten, Posaunen, einem festlichen Aufzuge ist in einer breiten Fleckenmalerei ohne Kontur und Modellierung behandelt; sie wäre unerträglich, wenn nicht prächtige Charakterköpfe, wie die der beiden Schächer, der heiligen Veronica, des Heilandes selbst dafür reichlich entschädigten. Auch hier tritt die Vorliebe und der geschärfte Sinn für das Pathologische in der Lebensauffassung vor allem anderen in den Vordergrund, und von der edlen Verklärtheit des für die Menschheit leidenden Gottsohnes, wie die Früh- und Hochrenaissance betont, — von der antikischen Erhabenheit, die Tizian ins Venezianische übersetzte, ist hier nur wenig noch vorhanden. Das riesige Kreuz, welches das ganze Bild erdrückt, wären vier Rollkutscher zu tragen kaum imstande, geschweige denn ein mäßig lebender Wanderprediger. Dementsprechend ist in dem sehr schönen Heilandsantlitz lediglich die tiefe Ohnmacht einer schwächlichen Natur ausgedrückt, welche die Qual des Augenblicks nicht mannhaft zu überwinden vermag.

Zwei prächtige, augenscheinlich biblische Allegorien (Abb. 6 u. 7), welche auf der Pariser Ausstellung im Palais Bourbon bekannt

Abb. 58. Die Jungfrau in der Glorie, die heilige Rosa und Dominikanerinnen. Altargemälde. Venedig, Chiesa bei Gesuati.

geworden sind, zeigen dann wohl als frühere Arbeiten Typen des berühmten Agathenbildes, welches um 1750 entstanden scheint. Ein im Aufbau sehr gelungener S. Patrizio (Padua), in der Art aufgefaßt, wie Veronese es liebte, zeigt die gleichen Typen und ist vielleicht im Laufe der fünfziger Jahre entstanden, wenngleich nicht Unwichtiges für ein erheblich früheres Entstehen spricht.

Dieses „Martyrium der heiligen Agathe" (Abb. 62) selbst aber, dessen berühmteste Fassung in Padua noch jetzt hängt, während das Berliner Museum sich mit einer vortrefflichen Replik begnügen muß, ist eine der vollendetsten Schöpfungen aus dieser Hand. Auch das Martyrium, das noch im Cinquecento eine Glorifizierung des duldenden Heldentums war, ist im Geiste des Barocco, namentlich durch die bolognesische Schule, zu einer Schaustellung widerwärtigster Art herabgesunken; es ist ja eine bekannte Erscheinung, daß mit der Entartung Blutgier und Grausamkeit wächst. Tiepolo hat mit Inbrunst in dem schauderhaften Vorwurf

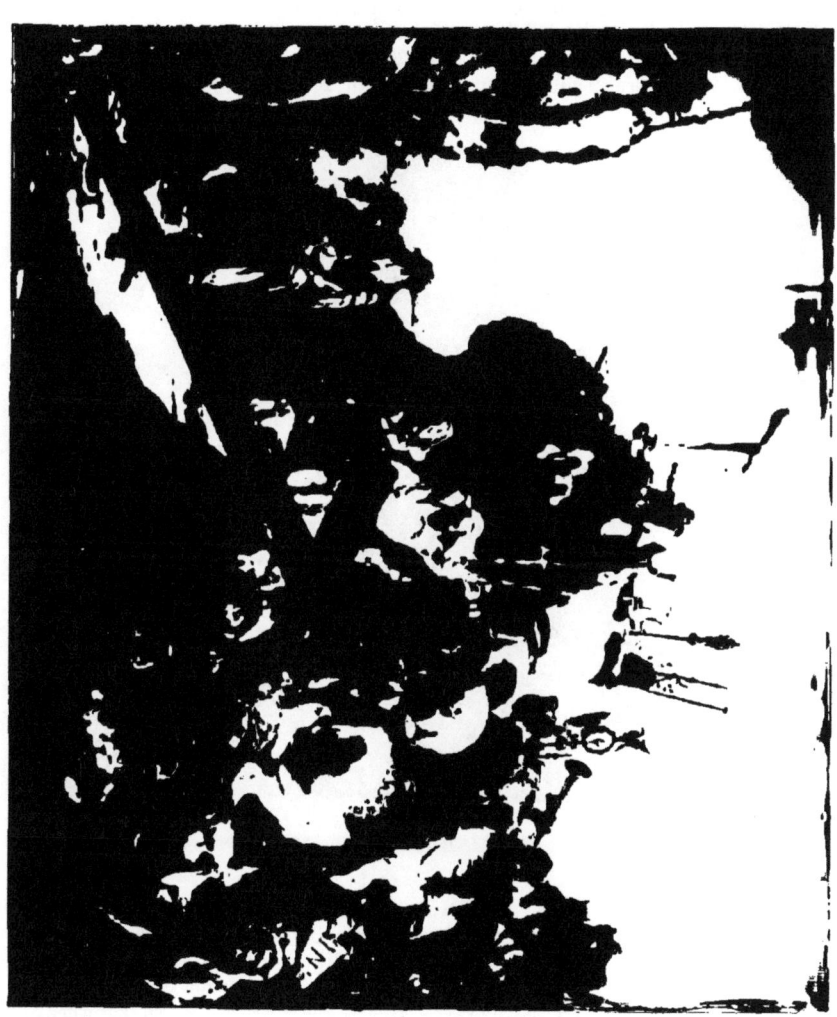

Abb. 59. Die Kreuztragung. Seitenbild in der Chiesa S. Aloise. Venedig.

gewühlt, wenn er das Gräßliche selbst auch raffiniert versteckt. Totenblaß, aber verzückt kniet mitten in dem knapp und sicher aufgebauten Bild die Heilige, welcher der zu einem Zuruf an den Knaben vorgebeugte Henker mit dem noch bluttriefenden Schwert eben die Brüste abgesäbelt hat. Eine Dienerin umfängt die Heilige und hält, selbst der Ohnmacht nahe, von hinten her ein Tuch vor die schrecklichen Wunden, während

Die von Tiepolos Hand vorhandenen sehr wenigen Tafelbilder mit Profangegenständen sind äußerst ungleich, aber auch im Besten nicht vom Wert der übrigen Tafelbilder, geschweige denn der Fresken. Seine Auffassungsweise ist hier unbedeutend, die Durchführung ebenso gering, und von feinerem malerischen Reiz nur ein einziger Vorwurf, der, — einmal in Berlin und einmal in Paris vorhanden, — daran erinnert,

Abb. 60. Christuskopf aus der „Kreuztragung" in der Chiesa S. Alvise. Venedig.

ein Knabe sein Gesicht sehen von den Brüsten auf dem Teller in seinen Händen fortwendet. Orange, Blau, Grauweiß, Gelb, Rot sind in gebrochenen Tönen die leitenden Farben in der virtuos gemalten Dämmerung des Bildes. — Seiner Stilistik nach in die Würzburger Zeit gehört die Münchener „Anbetung der Weisen (Abb. 54)," welche hier nebst dem von Domenico radierten prächtigen heiligen Jakobus zu Pferde (Venedig, S. Eustachio) die Reihe religiöser Ölmalereien beschließen soll. —

daß Tiepolo seinem Freunde Canale vielfach die Volksgruppen und Aufzüge in dessen venezianische Veduten hineingemalt hat. Es ist auf ihm der „feierliche Empfang" (Abb. 63) irgend eines großen Herrn dargestellt, der am Schloßportal angesichts eines Sees und einer den Horizont dahinter abschließenden Stadt eben dem Galawagen entstieg, die Reihen des geringeren Volks passiert hat und an der Verandatreppe soeben vom greisen Schloßherrn und dessen stattlicher Tochter begrüßt wird. Hinter diesen stehen noch andere Schloßangehörige, erblickt man auch die Trompetenschallöffnungen unsichtbarer Tuschbläser, und drüben steht weiteres feudales Publikum in interessanten Zeittypen, das allerdings ebensowenig in Beziehung zum Vorgang gesetzt ist als eine harrende Kavallade auf dem Hügel vor dem Portal. Ansprechend ist der belichtete ließ deshalb jede Pflege dieses Gebiets. Ein ferner in Berlin befindliches Werk, das „nach dem Bade" (Abb. 64) betitelt ist, zeigt in sehr trefflicher und lebendig bewegter Anordnung eine von ihren Mägden bediente junge Schöne, der ein spiegelhaltender Knabe einen begehrlichen Blick

Abb. 61. Teil aus der „Kreuztragung" in der Chiesa S. Alvise. Venedig.

Himmel und der landschaftliche Hintergrund dargestellt, — die einzige mir bekannte Darstellung dieser Art bei Tiepolo, — und hübsch die Grandezza des würdevollen Herrn in der verwelschten spanischen Tracht. — In solchen Kleinmalereien, die hier wohl lediglich eine Gelegenheitsarbeit ist, konnte Tiepolo gegen seine befreundeten und verschwägerten Rivalen, Guardi und die Canales, doch nicht aufkommen, — er unterzuwirft. Es erinnert in den Typen wie den Bewegungsmotiven so vieles unmittelbar an Veronese, daß eine laut gewordene Vermutung von einer hier vorliegenden Kopie nach jenem nicht ganz abzuweisen wäre. Indessen ist die Färbung so hart, kalt und bunt, daß dies Zweifel dagegen in die Wagschale wirft. — Eine in Udine befindliche und als „Consilium in Arena" getaufte Sitzung des Malteser-

Abb. 62. Marter der heiligen Agathe. Gemälde. Berlin.
(Nach einer Originalphotographie von Franz Hanfstängl in München.)

ordens (Abb. 65) ist ein steifes und langweiliges Ceremonienstück; und dann bleiben noch drei Vorwürfe zu erwähnen, von denen ein „Gastmahl der Kleopatra" (Venedig) vorzugsweise Architekturmalerei mit unbedeutenden Figuren ist. Die besten Motive darin sind Veronese entlehnt, der für Tiepolo sein Lebenlang ein unerschöpfliches Universallexikon geblieben ist. Die beiden anderen (München) behandeln das Thema: „Iphigenie" und sind Verwilderungen des gleichen Vorwurfs in der Villa Valmarana und noch mehr des Palazzo Labia. Die wirr überladene Anordnung auf dem Bild: „Kalchas und Iphigenie" (Abb. 66) zeigt ein kriegerisches Getümmel an der Tempelpforte, in der Kalchas mit einem Dolchmesser schon des Opfers harrt, und dieses selbst in tadelloser Haltung und zierlichem Schritt, mit dem koketten Lächeln eines weltfremden Backfischs, der bei einem neuen Spaß vergnügt „dabei ist," von einem galanten Ritter herangeführt. Oben auf einer Wolke ist Artemis schon mit der von Putten gekosten Hirschkuh in Sicht, und ganz im Vordergrund ist auch der verwachsene Zwerg vom Palazzo Labia wieder vorhanden, aus dessen Geist wie Melodie dies Thema lediglich variiert ist. Das andere, nicht minder liederliche und unschöne Stück behandelt die „Opferung der Iphigenie," welche entkleidet und ohnmächtig eben herangebracht ist. Auch hier ist wie dort in Kostüm und Ceremonie jeder Zug verfallvenezianisch, und über ein dekoratives Handwerk gehen beide Werke nicht viel hinaus.

* * *

Noch werden aus dieser letzten italienischen Periode Tiepolos eine Reihe von Monumentalarbeiten für Kirchen und Paläste in Venedig selbst sowie auf dem Festlande erwähnt, aber es sind lediglich dekorative Handwerksarbeiten von geringem Wert, für welche der unbedeutenden Entlohnung entsprechend der Meister keine Mühe aufgewandt hat. Er muß danach sehr stark beschäftigt gewesen sein. Aber auch sein Ruf breitete sich dementsprechend immer weiter aus: 1760 wird ein Geschenk des Königs von Frankreich an ihn erwähnt, und um dieselbe Zeit ergeht seitens des rührigen Karls III., welcher 1759 den Thron von Spanien bestiegen hatte, an ihn die Einladung, für ihn in Madrid umfangreiche Monumentalwerke zu schaffen; der König, welcher über sein längst von der einstigen Höhe gesunkenes Land einen neuen Frühling bringen zu wollen schien, gedachte auch der erstarrten heimischen Kunst einen neuen Anstoß durch Versammlung der berühmtesten Meister der Zeit in Madrid, — eines Mengs, eines Tiepolo, — zu geben. Tiepolo, der jetzt bereits 64 Jahre zählte und durch das Erwachsensein seiner Kinder noch enger an Venedig gefesselt war, als dies in der Würzburger Zeit der Fall gewesen, — dessen Vermögensverhältnisse sich günstiger Umstände erfreuten, nahm diesen Ruf an. Man geht schwerlich fehl, wenn man die Gründe für diesen Entschluß in den gährenden Zeitverhältnissen sucht. Selbst im niedergehenden Venedig mit seinen Goldonis, Gozzis, Algarottis, Canales hatten sich längst die Vorboten einer neuen Zeit allmählich, wenn auch nicht gerade umstürzlerisch geltend gemacht. Voltaire, der jetzt in seinem Tusculum am Genfer See saß, hatte durch seine ätzende Kritik am Bestehenden vom Despotennimbus die feiernde Vergoldung weggebeizt und rüttelte, überall wirksam, bekannt, aufklärend, die dumpfen Geister wach, — Rousseaus neue Theorien von einer Naturromantik brachen sich unaufhaltsam Bahn und klangen jedenfalls bereits an das Ohr jedes geistigen Führers in ganz Europa, — in der Kunst aber wuchs mit bedenklicher Schnelligkeit der Erfolg, den Windelmanns Gedanken über die griechische Bildhauerkunst davontrugen. Ist das Saatkorn reif zum Wachsen, dann geht es sehr schnell mit den jungen Schößlingen. Ein geistreicher Künstler von Tiepolos Bedeutung, der zugleich Weltkind in jeder Beziehung war, konnte diese Zeichen kaum übersehen, zumal Geister seiner Art keine Kunstpolitik von Fall zu Fall treiben. Mochte er nach außen vielleicht das Absterben seiner eigenen Kunstrichtung mit keiner Miene zugeben und sein Ansehen rücksichtslos verteidigen, so mußte er sich in seinem Kämmerlein, wenn er allein war, doch sagen, daß eine starke Macht von draußen unwiderstehlich an den Grundmauern der Vergangenheit rüttelte, deren letzter Ausläufer er war. Nicht, daß er

Abb. 63. Der feierliche Empfang. Gemälde. Berlin.
(Nach einer Originalphotographie von Franz Hanfstängl in München.)

sich nicht zugetraut hätte, noch eine neue Entwickelung zu beginnen, — wir lernen ja in der spanischen Zeit noch eine ganz neue Seite seiner Kunst kennen!, — das vielmehr, was draußen wie eine Frühlingsoffenbarung in die verzopfte Gegenwart einzog, mußte ihm todfeindlich, bis in die Seele hinein zuwider und — unerreichbar scheinen, denn es war die Natur und das Verhältnis einfacher Andacht zu ihr, die sich zu eigen zu machen dem ergrauten Routinemenschen verschlossen war. Spanien lag hinter seinem Pyrenäenwall abseits von der europäischen Bewegung, — dort war überhaupt kein rechter Boden innerhalb des Volkscharakters für die neuen Gedankenzüge, — Grund genug, dorthin zu gehen auf eine kleine Anzahl von Jahren, um sein voraussichtlich letztes großes Werk unbeirrt durch die tosenden Stimmen von draußen zu gestalten. Das Datum der Übersiedelung ist nicht genau bekannt. Man nahm früher 1763 an, was ganz unbeglaubigt ist. Urbani setzt es auf März 1762 fest, nachdem er einen Brief vom 12. Dezember 1761 entdeckte, in dem von der bevorstehenden Abreise die Rede ist. Der Text eines angeblich vorhandenen Briefes von Anton Raphael Mengs d. d. 1761, in welchem Corrado und Tiepoletto als des Mengs Rivalen angeführt sind, ist mir nicht zugänglich gewesen, so daß ich einstweilen an 1762 als dem Jahr der Übersiedelung festhalten muß. Vom 12. August 1762 erwähnt Urbani ein — also in Madrid abgefaßtes — Testament Tiepolos, in dem Frau und Kinder als Erben eingesetzt sind. Trotzdem er auf Rückkehr in die Heimat hoffte, mochte ihm doch bei seinem Alter die Ahnung aufdämmern, daß er Venedig, seine Frau und die übrigen Kinder nicht mehr wiedersehen würde, weshalb er wenigstens in der letzten Verfügung für sie sorgen wollte. Er war in Madrid in der Parochie S. Martino beim Marchese di S. Giacomo mit seinen Söhnen Lorenzo und Domenico abgestiegen und scheint nach einigen erhalten gebliebenen Dokumenten dort vornehm aufgetreten zu sein, wie das in Spanien Sitte war.

Sein Vermögen daheim, seine Häuser und Landgüter waren indessen der Verwaltung seines geistlichen Sohnes Giuseppe unterstellt, was einigermaßen auffällt. Wir wissen über Tiepolos Frau sehr wenig; war sie als natürliche Verwalterin und Vertrauensperson zu ungeschickt in solchen Dingen, hatte Tiepolo Grund, seiner süßen Ehehälfte zu mißtrauen, und war überhaupt das Eheleben ein ungetrübtes? Ich habe zufällig vor längerer Zeit im Journal des Goncourts eine teilweise und hier überraschende Antwort darauf gefunden. Bei einem Festessen am 22. Dezember 1853 im Hause von Pierre Gavarni kommt nach diesem Tagebuch das Gespräch auf ein schönes Bildnis der Frau Cecilia, das Nogier in Venedig gesehen und vor dem er eine interessante Unterhaltung mit einem sehr alten Kunstliebhaber geführt hat. Der hatte als Kind Tiepoletto noch gekannt und schildert die Frau Cecilia als ein ganz bösartiges Weib. Sie soll u. a. eines Nachts eine große Summe Geldes im Spiel verloren haben. Ihr Partner schlägt den Verlust als Einsatz gegen die Skizzen ihres Mannes vor, der damals gerade in Spanien war und ihr seine Studien in Verwahrung gegeben. Sie verliert auch diese. Der Partner setzt Geld und Skizzen jetzt gegen das Landhaus Tiepolos in Zianigo samt den Fresken darin, welche den Triumphzug Polichinells dargestellt haben sollen. Frau Cecilia nimmt an und verliert auch das. Vergleicht man mit dieser Anekdote das, was Molmenti über die wilde Spielleidenschaft selbst bei den Frauen in der letzten Zeit Venedigs mitteilt, als das strengste Gesetz dies Laster nicht mehr einzudämmen vermochte, — zieht man dazu heran, daß in der Abwesenheit Tiepolos die Verwaltung seines Besitzes dem in geschäftlichen Dingen doch wahrscheinlich sehr unerfahrenen und von seinen klösterlichen Pflichten gewiß nicht leicht loszulösenden geistlichen Sohn übertragen war, so fällt ein scharfes Schlaglicht auf den Charakter dieser Frau Cecilia, der angesichts der verspielten Gegenstände nichts mehr heilig sein konnte, und damit auf Tiepolos Eheglück. Aber die Sache hat doch Bedenken. Schwerlich hat Giuseppe die verspielten Gegenstände herausgegeben, und beglaubigt ist ferner, daß Domenico nach seiner Rückkehr von Spanien 1771 noch in dem Landhaus von Zianigo gemalt hat. Wie sich dieser Sachverlauf in Wirklichkeit verhält, ob ein wahrer Kern daran ist oder bloß eine der üblichen Anekdoten von den bösen Malersrauen, welche durch die ganze Kunstgeschichte eine stehende Figur bilden, vorliegt, muß danach bis auf sicherere Kenntnis offen bleiben. — sollen große, wenn auch vergebliche Anstrengungen gemacht haben, ihn einzuengen. Gewiß ist, daß der Wettkampf mit dem glatten Akademiker Mengs, dessen Kunst

Abb. 61. Nach dem Bade. Gemälde. Berlin.
(Nach einer Originalphotographie von Franz Hanfstängl in München.)

Nach Madrid war Tiepolo auf einen festen Ruf hin, aber wohl nicht mit ganz genauer Festsetzung der auszuführenden großen Aufträge gekommen. Seine Rivalen, Corrado und vor allen Dingen Mengs, für melancholisch-unthätige Naturen, wie es der Spanier ist, etwas sehr Bestechendes hat, Tiepolo zur Aufbietung aller seiner Kräfte und zur kühnen Übertreibung seines eigenen Systems hinriß. Mengs soll ihn fürchterlich dafür gehaßt haben. Urbani führt eine Anekdote eines spanischen Schriftstellers als Beleg dafür an. Da er ihn nicht bei Hofe ausstechen konnte, wollte er ihn nach dieser trüben Quelle wenigstens aushauen lassen. Er soll zwei Banditen bestochen und an einer Landstraße, die Tiepolo binnen kurzem entlang kommen mußte, mit der Weisung aufgestellt haben, seinen Rivalen festzuhalten und gehörig durchzubläuen. Um sich die Rache aber noch besonders durch den Anblick der That zu versüßen, soll Mengs in den Gipfel eines Baumes nahebei gestiegen sein. Als nun Tiepolo wirklich ankam, hat sein Nebenbuhler sich vielleicht, um nichts zu verfehlen, zu weit vorgebeugt, denn jedenfalls biegt sich die schwache Krone um und Mengs schwebt plötzlich in sehr peinlicher Lage hilflos und schreiend zwischen Himmel und Erde. Alle Teilnehmer fallen aus ihren Rollen. Der sein wundes Herz weiden wollte an fremdem Leib, brüllt jetzt um Hilfe, — Tiepolo vergißt, sich durchbläuen zu lassen, und springt den Banditen bei, um Mengs aus seiner Lage zu befreien. Dieser ist zerknirscht, — große Rührung, Umarmung, dickste Freundschaft fortan, — und gewiß verzichten die beiden Banditen in edler Rührung auf ihren klingenden Lohn, den sie gesetzlich übrigens mangels unausgeführter Gegenleistung auch nicht einklagen können. Ein höfischer Weltmann und Deutscher wie Mengs ist natürlich nicht auf eine so alberne und einem Greise gegenüber brutale Rache gekommen, und die Geschichte ist ebenso wie das bei Tiepolos Tode verbreitete Gerücht, daß Mengs ihn habe vergiften lassen, Ausgeburt einer spanischen Reporterphantasie.

Auf acht Jahre dehnte sich der ursprünglich nur für einige Jahre berechnete Aufenthalt Tiepolos und seiner Söhne in Madrid aus, und es entstehen jetzt eine ganze Reihe von Werken, wie zu Aranjuez für den Hauptaltar der Schloßkirche eine „Anbetung der Könige" und für die Seitenaltäre eine „Verkündigung" und Heiligendarstellungen; andere Altartafeln schuf er für S. Sebastiano, die alle wohl unter dem Eindruck der großen spanischen Meister wie der veränderten Lebensverhältnisse eine freiere und größere Behandlung wie ein frischeres Naturgefühl verraten, soweit bei ihm davon die Rede sein kann. Da das Würzburger Werk eine durchaus parallele Erscheinung erkennen läßt, kann man sich der Betrachtung nicht verschließen, daß das außer diesen beiden Abwesenheiten nie verlassene Venedig mit seinem bannenden Eindruck von der Vergangenheit Tiepolos Genie erdrückt hat und schicksalsvoll für seine Kunst geworden ist, denn er wäre unter anderen Verhältnissen und unter dem Echo einer anderen, von einer großen Tradition nicht voreingenommenen Bevölkerung wahrscheinlich eine wichtigere Künstlerpersönlichkeit geworden, als er es jetzt in Wirklichkeit ist. Er kam nie zu sich selbst und zur Natur, weil er zu starke Eindrücke von der vaterländischen Kunst in jungen Tagen erhielt und ihr zu viel abgeguckt hat, — er war zu früh reif und zu sehr auf das Alleskönnen hin dressiert worden. —

Sein Hauptwerk in Madrid aber war den Darstellungen im Königschloß gewidmet. Er malte hier für den Leibgardensaal eine „Schmiede Vulkans" und für den Vorsaal eine „Apotheose Hispanias," — das Glanzstück indessen ward die riesige Decke des Thronsaales (Abb. 67—70), die er gleich der Treppenhausdecke von Würzburg zum Tummelplatz einer phantastischmalerischen Gesellschaft aus allen Zonen unter dem Titel: „Spanien und seine Provinzen" machte. Bei oberflächlicher Kenntnis beider Werke kann man sie leicht verwechseln, denn der Titel ist bei beiden nur eine Nottaufe, auf welche die Ausführung wenig Rücksicht genommen hat. Auch hier ist am Deckenrand eine bunte Gesellschaft in malerischen, bewegten und ruhenden Gruppen versammelt, treten uns bereits aus Würzburg bekannte Motive entgegen, findet sich nicht nur die Bevölkerung, sondern auch Fauna und Flora der exotischen Zonen, — nur daß durch größere Zwischenräume das einzelne mehr betont ist und das Ganze weniger als Karnevalsmummenschanz wirkt. Etwas inniger auch ist der Rapport zwischen den Überirdischen in der Deckenmitte und diesen Gruppen dadurch, daß z. B. der alte Poseidon gemütlich mit seinen Nymphen unter einer Indianergruppe thront und gegenüber eine andere Gruppe mit einer sich rätselnden Megäre und einer in die Tiefe stürzenden Mannesgestalt, — wie wir sie schon wiederholt bei Tiepolo an-

Abb. 65. Sitzung des Malteserordens. Gemälde. Übung.

getroffen und hier in Rücksicht auf die nahe Apollogruppe wohl als Personifikation der „Nacht" (die niemals ganz das hispanische Reich bedeckt!) aufzufassen haben, — über den jenseitigen Deckenrand hinübergreift. Auch sonst treibt sich das ganze olympische Gesindel wie in Würzburg in dem weiten Deckenäther nichtsthuend herum: Venus und Bacchus, Jupiter, Boreas und Zephyr, Minerva, Mars und Merkur. Sie sind hier indessen mehr Füllfiguren, da das Schwergewicht in zwei großen Gruppen nahe den Deckenschmalseiten liegt. Die eine vertritt hier die Schätze Spaniens in seinen Goldfeldern und Perlenfischereien in der Hauptfigur eines schönen Weibes, welches eine Muschel mit Perlen hält, — drüben aber, wo wir auch das Kleopatramodell bei einer Steinpyramide auf Wolken wiederfinden, wird oberhalb der spanischen Fahne in passenden Gruppen mit Wissenschaft, Kunst und Religion renommiert, — sintemal, was den Glauben und die Mission anbetrifft, Spanien sich seit Karl V. immer für die Vormacht hierin trotz des Papstes in Rom hielt. Oberhalb dieses Teils beherrscht überall das Ganze die in einem steinernen Rondell, das von zwei Standbildern flankiert ist, thronende „Hispania" mit einem reichen Gefolge von Putten und symbolischen Gestalten. Betrachtet man das Ganze in der seurigen Wirkung seiner satten Farben, seiner schwungreichen Bildung und in seinem zusammengerückten Aufbau, so ist man versucht, es trotz seiner Kühnheit und Handgelenkvirtuosität noch über die Würzburger Decke zu stellen, weil es einfacher und lapidarer in seinem Eindruck ist; was indessen durch den Unterschied dieser im einzelnen ersichtlich werdenden Alterskunst gegenüber der Frische im Treppenhaus des Fürstbischof-Palastes nicht gerechtfertigt ist.

Außer diesem Hauptwerk am Ende seines arbeitsreichen Lebens hat Tiepolo aus der spanischen Zeit aber noch eine Reihe der anziehendsten Schöpfungen auf einem bisher unberührten Gebiet hinterlassen, — dem der Radierung, zu dem ihm die Anregung in Madrid geworden ist. Er hat so eine kleine Anzahl seiner eigenen Malereien, darunter die Altarbilder für Aranjuez, radiert und dazu wohl nach fremden Zeichnungen acht Blatt römische Ruinen, die er selbst nicht gesehen haben kann; dies dürften indessen mehr der Übung halber unternommene Arbeiten gewesen sein. Am eigenartigsten nach Inhalt und Technik erscheint er in zwei kleinen Sammlungen von Blättern, und diese verraten sofort, daß Goya mit seinem bizarren, so fabelhaft geschickten und von allen Instinkten des moralischen Verfalls durchirrten Nadelarbeiten der Anreger hierzu gewesen ist. Die äußerliche Ähnlichkeit ist nicht bedeutend; Goya ist in geringem, Tiepolo in großem Maße Formbildner; auch die Technik ist eine verschiedenartige und dem Italiener war die von Goya sehr geschickt gehandhabte Aquatintamanier ganz unbekannt. Aber in Stimmung und Geist der Vorwürfe wie der Weltauffassung, in der Geheimniskrämerei und dem Rätselspionieren schwüler Verfallseelen, in dem überreizten Hang für das Undefinierbare treffen diese beiden Leute oft scharf zusammen. Wer den Menschen Tiepolo als Zeiterscheinung wie als notwendigen Hervorbringer seines Kunststils beobachtet hat, dem sagen diese Radierungen als Ergebnisse eines erhitzten Organismus, der durch und durch voll Brunst steckt, eigentlich nichts Neues, — in Bezug auf die Kunstform überraschen sie aber, denn sie haben keine direkte Vorgängerschaft in seinen früheren Werken. Von diesen beiden Serien Radierungen sind die primitiveren die erst 1785, also lange nach seinem Tode wohl von Domenico herausgegebenen zehn Blatt „Capricci" in der That leichte, launische Einfälle des Augenblicks, voll Geist, Pikanterie, Feinheit, wie sie dem technischen Charakter dieser Kunst entsprechen. Ruhige ländliche Existenzen, Ruinen, ein oder das andere „magische" Motiv schon, das eine etwas fade Problematik enthält, aber doch reizend ausschaut, wenn man nicht gerade ernsthaft prüft, sondern bloß an einigen zeichnerischen Sächelchen nippen will. Die volle Betonung tragen dagegen zwei Dutzend Blätter der „Scherzi di Phantasia," die für bloße Einfälle trotz der aussparenden Skizzentechnik sehr ernsthaft ausgeführt sind. Der zeichnerisch nicht immer zuverlässige Strich ist hier von einer sprühenden Lebhaftigkeit, geistreich, elegant, ja chic, er charakterisiert leicht, scharf, mit einem Punkt treffend, und ist oft von starker malerischer Kraft. Er arbeitet einzelne Teile beliebig

Giovanni Battista Tiepolo. 87

heraus, ohne freilich instinktiv den male- | mehreren Blättern scheinen nicht mehr als
rischen Gesichtspunkt je aus dem Auge zu | zwei oder höchstens drei Ätzungen statt-
lassen, — er deutet mit wenigem eine Fülle | gefunden zu haben. Die Vorwürfe selbst,

Abb. 66. Kalchas und Iphigenia. Gemälde. München.
(Nach einer Originalphotographie von Franz Hanfstängl in München.)

von Ausdruck an, ist vorwiegend etwas | welchen der Maler in weiser Erwägung
spröde, doch mitunter aber auch von der | keine Titel gegeben hat, weil er sie sicher
farbigen Weichheit der kalten Nadel. Auf | selbst nicht gewußt hat, sind vollgestopft

mit allegorisch-symbolisch-mystischen Wesen viel Gehilfen, Lehrlinge und Hexenmädchen, und Gegenständen; es werden da vor allen Schlangen, Käuzchen, Urnenkrüge, besonders

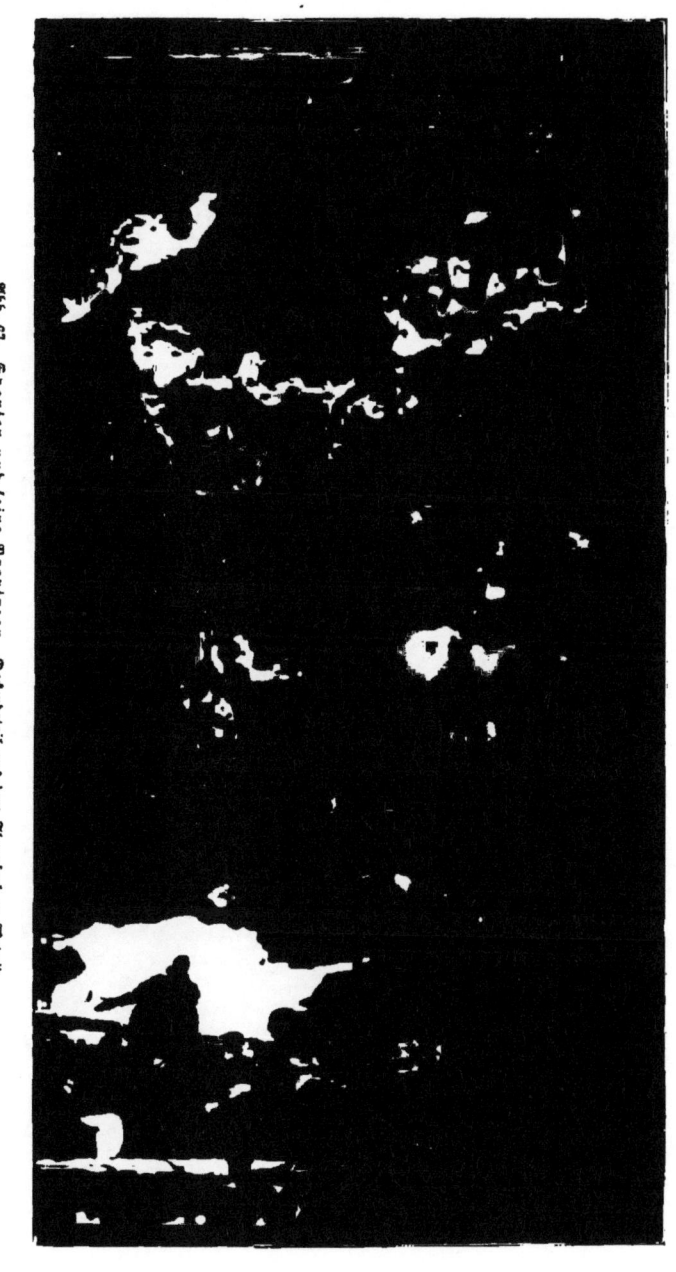

Abb. 67. Spanien und seine Provinzen. Deckendetail aus dem Thronsaal zu Madrid. (Nach einer Originalphotographie von J. Laurent & Cie. in Madrid.)

Dingen sehr viel Magier im Stile des Klingsor aus Wagners Parsival verbraucht, aber bedeutungsreiche Ruinen, denn aus der Ruinenschauerphantastik und der Beschwörer-

wie Schatzgräberromantik sind alle diese Sachen heraus empfunden und auch wohl in unmittelbarem Eindruck von solchen wirklichen oder litterarischen Funden im Künstlergehirn ausgeheckt worden. Ein bißchen schnurriger Ulk und teuflisch-tiefsinnige Blicke sind als für die Stimmung erforderlich nicht vergessen. Aber wie aus allen diesen Stoffen

Abb. 68. Spanien und seine Provinzen. Deckendetail aus dem Thronsaal zu Madrid. (Nach einer Originalphotographie von J. Laurent & Cie. in Madrid.)

Giovanni Battista Tiepolo.   91

die Sachen zusammengesetzt sind, geben sie ein junger Lehrling, der ihn stützt, während einen ganz merkwürdigen, festhaltenden und ein anderer daneben liegt, und alle drei prickelnden Reiz.

Diese Allotria treibenden Vagabunden haben Stil in ihrem Thun und ihrem Gehaben, — sie haben das Bewußtsein einer Unsinnsmission und fassen sie grandios auf. Wie drollig und doch wie erschütternd ernsthaft wirkt auf dem einen Blatt der Reigen von lauter Galgenphysiognomien! Dieser alte Magier (Abb. 71) am antiken Sarkophag zwischen Schild und Urnenkrug und Fahne, wie er die sich krümmende Schlange mit seinem Blick verfolgt, und vor ihm und hinter ihm in bunter Reihe junge und alte Frauen, und dann ein paar harmlose Stromer! Der Faun auf der Herme dahinter scheint leise aufzulachen über diese Kundschaft, welche sich plötzlich auf seiner Heideeinsamkeit eingefunden hat. Auf einem anderen Blatt (Abb. 72) stehen vor einem plumpen Grabmal, das von einer Urne gekrönt ist, auch so ein von Frauenkleidern verhüllter gegangener Magier und

Abb. 70. Spanien und seine Provinzen. Deckendetail aus dem Thronsaal zu Madrid.
(Nach einer Originalphotographie von J. Laurent & Cie. in Madrid.)

betrachten einen Menschenkopf, welcher auf brennendem Reisigholz liegt; und hinten schließt sich in einiger Entfernung wieder ein Reigen grinsender Zauberer an. Auf einem dritten Blatt (Abb. 73) lauscht ein phan= tastisch geputztes Magierpaar bei einem alten Dionysosaltar, an welchem ein nackter Jüng= ling lehnt, dem Gespräch Polichinells; weiter= hin blicken dann erstaunte Köpfe auf die Gruppe großer Männer her. Auf einem vierten Blatt (Abb. 74) von lebendiger ma lerischer Wirkung kniet eine bei der Arbeit von Magiern und Cynikern ertappte Schatz= gräberin neben einem alten heidnischen Altar, anscheinend in tödliche Verlegenheit durch die vielen wilden und höhnischen

Abb. 71. Aus dem Radierungscyklus: Scherzi di Phantasia.

Blicke versetzt. Auf einem fünften begaffen
Landleute mit stumpfem Brüten eine Grab=
platte mit der Figur Polichinells u. s. w.;
Studium der Natur zurückgehalten und in
seinen Greisentagen ihm noch einige ernste
Aufmerksamkeit widmend, wie diese Blätter

Abb. 72. Aus dem Radierungscyklus: Scherzi di Phantasia.

es ist ein Hexensabbath voll phantastischen
Zauberspuks und Abenteuerlichkeit, wie sie
nur einer überreizten Phantasie entspringen
mag. So lange vom unvoreingenommenen
beweisen, hat Tiepolo eine narkotische Wir=
kung davon auf seine müden Sinne nicht
bekämpfen können, — ihm sind die Einfälle
wirr durch den Kopf gefahren und haben

schließlich das Tageslicht gefunden, ehe sie ausgereift waren. Trotzdem bleiben diese Blätter, welche von Goya inspiriert sind bisher zu teil gewordene Vergessenheit nicht verdienen. — —

Tiepolo sollte die Heimat nicht wieder-

Abb. 73. Aus dem Radierungscyklus: Scherzi di Phantasia.

und auf Delacroix weitergewirkt haben und vielleicht auch dem modernen französischen Radierer Rops nicht unbekannt geblieben sind, merkwürdige Sachen, welche die ihnen sehen. Am 27. März 1770 ereilte ihn ein schneller Tod im Bett, und er fand sein Grab in der Martinskirche. Sein Sohn Lorenzo blieb in Spanien und sein weiteres

Schicksal ist bis auf die Kenntnis einiger Radierungen unbekannt, Domenico dagegen Tiepolos Frau Cecilia überlebte ihn um neun Jahre. Die Familie setzte sich nur

Abb. 74. Aus dem Radierungsschluß: Scherzi di Phantasia.

eilte sogleich nach Venedig zurück und scheint mit seiner Familie noch längere Zeit gemeinsam in S. Fosca gewohnt zu haben. in Domenico fort, in dessen beiden Töchtern dieser Zweig indessen ausstarb. Eine eigentliche Schule hat Tiepolo nicht hinterlassen. In Würzburg waren ihm Georg Anton Urlaub, Christof Fasel aus Ochsenfurt, der sogar mit nach Venedig ging, Johann Zick aus Ottobeuren gefolgt, aber ohne nennenswerte Resultate. In Venedig selbst setzte nur Domenico, der ganz in der Art des Vaters weniges schuf und noch als Urheber einer sehr liederlich behandelten Radierungsfolge, der „Flucht nach Ägypten," bekannt geworden ist, die Schule fort und starb erst 1804. — Mit Tiepolo, „dem letzten Venezianer großen Stils," war die specifisch venezianische Renaissancebewegung in ihrem letzten barocken Ausläufer nach nochmaligem hellen Aufglänzen endgültig abgeschlossen, und bald sank auch der überlebte Staat mit seiner ohnmächtigen Gesellschaft in sich zusammen. Und doch sollte Venedig noch mit einem glänzenden Vertreter an der neuen, im natureinfachen Adel der Antike einen Universalstil suchenden Kunst beteiligt sein, denn der bei Tiepolos Tode dreizehn Jahre alte Canova stammt ganz aus der Nähe der Lagunenstadt her! —

Benutzte litterarische Quellen:

Dr. J. F. Leitschuh, Giov. Batt. Tiepolo. Würzburg 1896.

G. M. Urbani de Gheltof, Tiepolo e la sua Famiglia. Venezia 1879.

J. E. Wessely in Dohmes Kunst und Künstler des Mittelalters und der Neuzeit. Leipzig 1877.

P. G. Molmenti, Die Venezianer. Deutsch von M. Bernhardi. Hamburg 1886.

— La villa Valmarana, Venezia 1880.

J. Burckhardt, Der Cicerone, ediert von W. Bode. 4. Auflage. Leipzig 1893.